神诀记

Ⅰ 初入学院

ShenJueJi

Churu Xueyuan

李勇剑·著

陕西新华出版传媒集团
太白文艺出版社

图书在版编目（CIP）数据

神诀记 / 李勇剑著. —— 西安：太白文艺出版社，2016.3
ISBN 978-7-5513-0943-1

Ⅰ. ①神… Ⅱ. ①李… Ⅲ. ①长篇小说—中国—当代 Ⅳ. ①I247.5

中国版本图书馆CIP数据核字（2016）第059868号

神诀记
SHENJUEJI

作　　者　李勇剑
责任编辑　曹　彦　强紫芳
助理编辑　师云鹏
整体设计　淡晓库
出版发行　陕西新华出版传媒集团
　　　　　太白文艺出版社
　　　　　（西安北大街147号 710003）
　　　　　太白文艺出版社发行：029-87277748
　　　　　tbwytougao@163.com
经　　销　陕西新华发行集团
印　　刷　陕西天地印刷有限公司
开　　本　710mm×1040mm　1/16
字　　数　200千字
印　　张　10.75
版　　次　2016年3月第1版 第1次印刷
书　　号　ISBN 978-7-5513-0943-1
定　　价　29.80元

目录

第一章

中州。

天星峰。

一袭黑衣的少年，站在山峰之巅。他冷峻的面容与凛冽的寒风和飘飘的黑衣相得益彰，如谪仙般飘逸。

“哎，宋羽，赶紧下来，要出发了！”

山峰下，一个苍老的声音远远传来。

“哦！知道了。”

宋羽反身奔下了山。

宋羽是道之大陆中州灵明宗的一名修士，境界只有生物而已，但由于他是灵明宗宗主风明道人的弟子，所以门内的人还是十分钦佩他的。灵明宗，不过是中州几十个门派中的一个小门派，根本没什么话语权。由于门派较小，所以宋羽这个宗主亲传弟子的待遇也跟普通的弟子差不多。

传说洪荒时期，人族式微。上古圣贤发明了练气功法，使人族逐渐走向兴盛，划分了境界，分别是化池、生物、双鱼、破脉、裂地、融通、撕天、灵台、四极、化龙、大成。

宋羽下了山，面前是浩浩荡荡的一列车队。

一位和蔼的老者走上前来，拍了拍宋羽的肩膀，说道："小宋，该走了。"

老者与宋羽同是灵明宗的人，平时对宋羽也极好，这次宗门任务，由他和宋羽带队。

宋羽应了一声，翻身上马。

不知走了多少时辰，只听得队伍前方发出了欣喜的喊叫声："到了！到了！"

宋羽策马奔到队伍前方，只见前方有一个黑漆漆的大洞，洞口如巨兽的大嘴似的迎着队伍，洞中漫出的远古气息，使人不由得心惊。

但宋羽的脸上却露出了笑容，向后方大喊一声："到了，林伯！"

那名被称作林伯的老人正是与宋羽共同领队的老者。他上前看了看大洞，又环顾了一下四周，喊道："就是这里！大家分成五个小队！”

众人迅速地分成了五个小队，动作整齐利落。

“第一、二小队在外面看守，三、四、五队，跟我来！”说完，那老者便转身进洞。

宋羽也紧跟着林伯进了洞，众人虽然对进洞有些抵触，但看见带队的两人都先进了洞，也只能跟着进去。

宋羽和林伯在队伍中修为最高，自然比后面的人走得快。很快，他们便与后面的人拉开了距离。

走了不到一刻钟，林伯停了下来，皱了皱眉头，对宋羽说：“小宋，要不我们等一会儿后面的人吧，这里的气息让我很不舒服。”

宋羽按捺住好奇心，说道：“好吧，等他们上来，大家一起往前走。”

可等了整整半个时辰，还是没见后面的人赶上来。

宋羽有些不耐烦了，说道：“这是怎么回事？以他们的速度，应该赶上了啊。”

宋羽和林伯看了看对方，都觉得有些担心。两人商议之后，决定回去找他们。可是路七拐八拐的，宋羽他们很快在洞中迷路了。

这可怎么办？宋羽心里焦急，也想不出什么好办法了，于是心一横：“干脆一条道走到黑！这样待下去也不是个办法。”

林伯也没有什么好办法，事到如今，也只能如此了。

宋羽和林伯走了大概一个时辰，前方有了淡淡的亮光，两人心中一喜，快步走了过去。

在洞内，他们斜靠着一块巨大的石板往前移动，石板上的纹路，不时有深蓝色的光华流过，仿佛蕴含着天地至理一般。

宋羽和林伯都惊讶极了，瞪大了眼睛看着这一切。

宋羽上前去摸了摸石板，林伯脸色大变，喊道："不好，别碰！"可还是晚了，宋羽的手已经触上了石板。

"砰"的一声，随着这声音，宋羽忽然晕了过去……

不知过了多长时间，宋羽的神志渐渐清醒了过来。

"我，我这是在哪？"

他发现林伯已不知去向。远处，一座巍峨耸立的大山，上面刻着一个金色的大字："能"。

"能，什么意思？"宋羽心里突然一阵恐慌，不会是八绝境中的"能"绝境吧？

这八绝境传说也是上古圣贤留下的。传说，这八个秘技，对修行者的帮助大得惊人。八大秘技分别是斗、御、魂、神、力、能、行、兵。八大秘技分别被藏在八大绝境之中，传说只要能将这八大秘技集合在一起的话，使用者将爆发出无与伦比的战斗力。

传说每个绝境中都有着强大的守护者，守护者在绝境空间内能够操控天地之力，有着特殊的能力，很难击败。就算有人击败了守护者,绝境也会排斥进入者。再说,就算进去了,能否参悟秘技还与个人的悟性以及机缘有关,并非每个人都能够悟得到秘技。重重困难也使得从古至今任何一项秘技都没被取出去过,一切也仅仅只是个传说罢了。

宋羽突然发现,就在自己前方不远处,有一堆黑色的东西。他强忍住身上的剧痛,爬了过去。

当看清那些东西后,宋羽愣了一下,接着眼中不可抑制地露出了哀伤的目光。

那堆黑色的东西,竟然是林伯的尸体!

自从十多年前宋羽加入灵明宗,林伯对他一直关爱有加,完全把他当作自己的孩子看待。林伯的死去,对宋羽是个不小的打击。宋羽也明白,在使用传送阵时,只有百万分之一的概率会碰上空间乱流,轻则昏迷,重则死亡。显然,林伯很不幸地遇上了最糟的情况。

宋羽眼睛渐渐变得血红,坚定地说道:“林伯,羽儿定会做一个顶天立地的男子汉!不辜负您的期望!”随后用力地向老者磕了三个头,地面被撞击出了裂纹,宋羽头上的血也滴滴答答地流了下来。

宋羽暂时失去了力量,连随身的道器也遗失在了空间乱流之中。他徒手挖出了一个大坑,将林伯的尸体放入坑中,埋了。

埋葬完林伯,宋羽郑重地向坟墓深深地鞠了一躬,便走向了那座刻有“能”字的山峰。这八大绝境向来是只能进不能出的,只有前进,才能有一线生机。

前行了不久,宋羽见到了不少石雕,都是人形的,无一不是面露恐惧之色。宋羽心中不禁一阵发寒:据传这八大绝境每一个都有神兽守护,它们的能力、外貌各不相同;这些如真人一般栩栩如生的石雕,很有可能就是这绝境的守护者搞的鬼。

宋羽意识到,这样鲁莽地走下去,迟早也会落得这些人的下场。他灵机一动,在地上打起滚来,身上不一会儿便沾满了土,从外表看起来与那些石雕无异。

做完了这一切,宋羽才放下心来,迈步继续前行。

一刻钟过后,宋羽突然停止了动作,一动不动,与身旁的那些石像无异。

就在两秒之后,一道黑影闪现,停在了宋羽不远处。

“咦,是我的错觉吗?”那黑色身影周身黑雾弥漫,让人看不清面貌,“刚还感到此处有动作,要不是因为那人受了伤,就用神识了。”说到此处,那黑雾中人的声音明显的有些憎恨与愤怒。

说完,那黑影一闪便消失了。

可是宋羽还是没动,又过了半个时辰,那黑影又出现了,口中声音像是自语:“真的是错觉吗?”便又是一闪而没。

宋羽这才伸展手脚,放松了下来,心里暗想:这人境界极高，可能达到了裂地以至于撕天的程度，看来接下来一路更需谨慎了。

宋羽继续前行，一路上那个黑影再也未出现过，虽说如此，宋羽却是如芒在背，总有一种被人盯梢的感觉。

宋羽走到距离山脚大约千米之处时，突然，一股强大的压力扑面而来，身旁的空气仿佛天地意志一般压迫着他。宋羽知道，越是靠近那座山，这威压就越大，但是现在却一步都不能后退。

“拼了！”宋羽暗自发狠，“与其被那黑影杀死，倒不如拼死一搏，也许还有生还的机会。尽管这机会不足百分之一。”

宋羽硬撑着向前走去，这威压越来越大，以至于到了与山距离百米左右时，宋羽感觉浑身的每个细胞都快要爆裂了，骨骼咯咯作响，但他还是坚持着，等到他到达与山距离五十米之处时，身上每个毛孔都在流血，他已经虚脱了，只能靠手向前爬行。等他到达与山距离十米时，已经近乎昏厥，但意志支撑着他继续前行。

当他爬到与山距离五米时，身上的威压一瞬间全部消失了。宋羽突然感到了一阵轻松，口中喃喃道：“终于……终于到了。”说完便晕倒了。

忽地，一个白衣老者出现在宋羽身前，皱眉道：“此子修为不过生物，实力低微，但意志坚定超乎常人，这等坚定的意志，就连我们同辈中人也有所不及，要是能收他为我之徒，岂不更好。”说完，那老者长袖一挥，便消失了。

“呃……我这是……在哪？”宋羽渐渐醒来，发现自己处在一个石室之中，躺在一张床上。他一抬头，便见那白衣老者站在床前，宋羽知道能住在绝境里的人绝对是大神通修士，他连忙下床行礼。

“不才晚辈拜见前辈！”宋羽深深鞠了一躬。

那老者转过身来，眼中笑意浓厚，随即抬手一挥，宋羽顿觉一阵风将自己托了起来。宋羽马上紧张了起来，这种能力他只在门内长老的身上见过，而那位长老已臻裂地之境，根本不是宋羽能够抗衡的。

那老者笑道：“不必如此多礼，老夫之所以远避尘世，就是因为讨厌这些繁文缛节。你叫什么名字啊？”

宋羽见老者不喜拘束，便道：“我名宋羽。”

“宋羽，倒是个好名字。”那老者道，“宋羽小辈，你与老夫在此地见面，也算是前世有缘。”

宋羽知道这老者没有恶意，于是沉吟道：“晚辈见前辈仙风道骨，鹤发童颜，定是绝代豪杰，又或是高深隐士。”

“哈哈哈哈。”那老者爽朗地笑了起来，那笑声震得旁边的树叶哗哗作响。

看到此幕，宋羽心中更惊，这老者声如洪钟，一出口，竟是这般气势磅礴。

“宋羽小辈，你可愿拜我为师？”

宋羽眼中露出苦涩之色，说道："前辈，晚辈已有师门，此事……"

"此事老夫却是不急，凭你的本心来判断。"那老者缓缓闭上眼睛，道，"老夫给你十息时间考虑。"

宋羽明白，若是不答应对方，有可能就要遭受杀身之祸。那老者显然是个不受世俗限制的人物，什么礼义之说，对他如浮云一般。

宋羽心中已经有了决定，便跪伏于地，叫了一声："弟子宋羽，拜见师父！"

那老者闭上的眼睛蓦地睁开，两眼闪烁着智慧的光芒，笑道："好！好！好！以后，你便是我皇甫斗的大弟子！为师赐你三件道器！"说着，长袖一挥，三件法宝便出现在他的面前。

这三件道器分别为：三尺长剑、青光小盾与一支长梭，三件道器散发出的威压让宋羽阵阵心惊。

皇甫斗指着那长剑道："此剑，名曰破空，是为师所炼制，其上有一千零二十四禁制，皆为攻击型禁制。此剑内蕴道灵，可自行攻击。"

他接着指向那青光小盾："此盾，名曰御诸，是为师不多的防御法宝中最出色的一件。此盾也有为师印上的一千零二十四防御禁制，拥有此盾，只要你有灵力，就是裂地境界的强者，也不能伤你！"

皇甫斗又指向那长梭，道："此梭，在为师众多法宝中，是最为神秘的一件，其上有九道禁制，就算以为师的修为，也只能打开其中四个，但此宝速度惊人，即便是撕天境界的强者，也是追赶不及的，故名曰遁灵！”

皇甫斗手一挥，那三件道器便飘到了宋羽面前。宋羽略一欠身，接过三件道器。

皇甫斗拿出一枚玉简，贴在额头上，顷刻之后，交给了宋羽，道：“这是三件道器的口诀，使用起来并不困难。”接着，他又拿出两枚玉简，道：“这两枚玉简之中，乃是为师一生最为自豪的两种术，禁制之术与炼之术，你自行领悟吧！从现在开始闭关，你何时全部领悟了，再来找我。”

说完，皇甫斗飘然出了石室。只听“轰”的一声，石室的门便完全封闭了起来。

宋羽深吸一口气，坐在床上，拿出那禁制的玉简，贴在额头上读了起来：

“老夫修道千余年，最为得意之术，当数禁制之术与炼之术！此玉简，便是老夫推衍，使用禁制之术的心得。

“禁制之术，便是用灵力形成道纹，存在于一切物质之上，融于一切物质之中……”

宋羽这一读，便是三年！

某一天，宋羽的眼睛缓缓睁开，身体略微舒展，身上累积的灰尘也被抖落了下来。

“这禁制之术，博大精深，恐怕即便是师父，也未有小成，最难之处，却是在推衍。”宋羽神色疲惫，环视石屋，发出了一声轻叹。

“这石门之上，有一道禁制，以我现在的能力，虽说很难，但却也不是不能破解。”宋羽坐在了石门之前，望向那道禁制，眼中露出推衍之色。

一个时辰，两个时辰，三个时辰……

待得五个时辰之后，宋羽眼中已是布满了血丝！

他慢慢地闭上了眼睛，吐出一口浊气。站起身来，在那禁制上连点九下，每点一下，那禁制上的光芒就弱一分。等到点完九下，那禁制的光芒已是微不可察了。

宋羽双手一推，那禁制便轰然碎裂！

石室也随着这禁制的破碎而颤抖！

在石室的不远处，皇甫斗蓦地睁开眼，大笑道：“好！不愧为老夫的弟子，竟然三年就将我的禁制之术钻研透彻了！尽管还很生疏，但前途不可限量啊！”

禁制破碎之后，石门上又露出一处凹陷，形状为一把钥匙，旁边有一行小字：“徒儿，看到这行字，就说明你对我的禁制之术已经领悟，现在你需要领悟我的炼之术，你以那石床为材料，炼出这物品，才能走出这石室。”

看完这段话，宋羽的手伸向那两处凹陷，细细抚摸，感受着每一处纹路的变化。要知道，若是炼出来的道器不符合这纹路，大门必然无法打开。

等到宋羽将所有纹路都铭记在心，才掏出皇甫斗给他的玉简，阅读了起来：

“炼之术，乃是千余年来老夫最为得意的另一种术，此术分为炼器与炼丹。

“炼器，便是将天材地宝融合，升华，凝成器形。但更为高级的道器需要器灵注入，器灵，便是灵兽、凶兽之魂！……”

五个月过去了。

宋羽缓缓地睁开眼睛，站起身来，自语道：“炼之术博大精深，但这里面只记述了炼器，而无炼丹，想必是师父准备在我出去后再传授给我。”

经过三年多的修养，宋羽的修为不但恢复了，而且还略有精进，更加接近双鱼之境了。

宋羽深吸一口气，将吸进来的气用灵力转化为火，只是这火不是红色，而是紫色！

宋羽控制着火，又分出一部分灵力将石床托在火上煅烧。

那石床十分怪异，灵火烧灼了很久也不见熔化，宋羽一咬牙，加大灵气，那石床便化为一团液体。宋羽用自己所剩不多的灵力，将记忆中钥匙的形状凝炼了出来。

“还不行！这钥匙还太大，必须再凝炼！”宋羽暗道。

宋羽再次加大灵力，那钥匙逐渐变小，最终凝炼到与石墙上的孔洞大小无异。

这时,异变突起!

钥匙上散发出赤、橙、黄、绿、青、蓝、紫七色光芒,七种色彩不停地变幻。

最终,七色互相融合,成为金色!

而那缩小的钥匙,飞进了宋羽的丹田。

远处,皇甫斗蓦地站起来,眼中爆发出了无与伦比的精光!

“好好好!竟然是金色!金色!我师门一脉,终于有了传承者!”皇甫斗颇为激动,就连身体也不受控制地抖了起来。

而此时,宋羽却在苦苦支撑着。

当金色光芒出现的那一刻,一股庞大的灵力如潮水般涌来,伴随这股灵力的是巨大的痛苦!宋羽的肉身还不能承受如此之多的灵力。

当剧痛一波一波袭来时,宋羽的神志就如同狂风骤雨中随波逐流的一叶小舟,随时有翻船的危险!

宋羽牙关紧咬,如万蚁噬身般的痛苦已经持续了几息,但仅仅是这几息时间,宋羽就快支持不住了。宋羽身上渐渐浮现出血红之色,毛孔中有一些黑色物质被挤了出来……

远处的皇甫斗却是突然面色一变:“糟了,灵气洗体!他不过才是生物境而已啊!怎么会……难道说?”飞身向宋羽所在的石室飞去。

皇甫斗瞬息就到了石室前,刚想进去,却被一股强大的灵力所阻挡。“天灵护体!”皇甫斗一脸震惊之色,“怎么会引发天灵护体！这样的话,我就没法救他了!”

“事到如今,只能如此了!”皇甫斗盘膝坐下,用灵力逼音成线,传到了正在灵气洗体中的宋羽耳旁。

“徒儿,这灵气洗体,待你度过之后,为师会详细告知于你。现在你需要集中精力渡过难关。这灵气洗体虽说极为痛苦,但是如果运用得当,会成为你修道路上一大助力！现在,用你的灵力,去引导这股天地灵力冲开你身上的穴位！首先是百会穴!”

宋羽听了师父的话,便引导这股浩大的天地灵气冲往百会穴,那百会穴瞬间便被冲开了。

“接下来是神庭穴!”

“太阳穴!”

“耳门穴!”

“睛明穴!”

……

“最后一个,涌泉穴!”

当脚底的涌泉穴被冲开后,宋羽顿觉一阵轻松,同时感觉对空气中的灵力更加敏感了。就在这时,宋羽却昏了过去。

皇甫斗也察觉到身前的天灵护体已经消散了,赶紧冲了进去。看见宋羽倒在地上,倒也没有惊慌。细心察看后,皇甫斗发现宋羽只是因为精力过于耗散而疲惫罢了。

皇甫斗这才放下心来。自语道:“经过这次磨砺,你对灵力的敏感度会达到不可思议的地步,精神凝炼度也会大大增加……真是天大的运气啊……”

当宋羽幽幽醒来时,已是三天之后了。

一睁眼,宋羽就发现自己还是躺在一模一样的石床上,只不过不在那个石屋里了。

皇甫斗飘至他的身前,笑道:“你醒了?”

宋羽道:“师父,这灵气洗体……”

皇甫斗收去脸上的笑容,严肃道:“灵气洗体,乃是到达融通之境时,经历的一次洗礼,这会使人对灵气的感应灵敏度增加,但一旦到了融通之境,注重的便是对天地的感悟。所以,对融通之境的修炼者来说,不过是鸡肋罢了。”

“那为什么以我不过生物之境的修为,却……”

“此事牵扯甚大!在你达到裂地之境前,休要再提。”皇甫斗面色变得很难看,好像不愿提及此事。

“是!”宋羽见皇甫斗不愿提及此事,便不再追问。

听到宋羽没有再追问的意思,皇甫斗的面色也缓和了下来:“现在,我会为你提供最好的条件,你要尽早修成双鱼,我才能助你从这里面出去。”

“是,师父。”宋羽既已拜了皇甫斗为师父,自然没有什么理由去反抗他,何况实力相差太远,想反抗也是有心无力。

皇甫斗淡然道:“随我来!”说完便飘然离去。

宋羽一愣，快步跟上。

宋羽随着皇甫斗来到一片池塘前。池塘上飘着雾气，池塘里的莲花若隐若现。

宋羽刚刚看到池塘的时候就震惊了，因为灵气洗体的缘故，他比常人对灵气的感应要敏感得多。这池塘上的雾气看似雾气，实际上是浓郁得宛若实质的灵气。

“为师当年在外界也是叱咤风云的人物，这聚灵神雾池便是我从九灵天君手上夺来的。”皇甫斗眼中露出追忆之色，“那九灵天君自命不凡，仗着融通级的修为，为所欲为，以为没人奈何得了他。可是他却不知道什么人能惹，什么人不能惹。一次他竟大言不惭说要杀我，我便先杀了他，夺下了这聚灵神雾池。现在，我将它赐予你。”

说完，他手一挥，池子便自己变小，飘了过来。

“不，不，这太珍贵了！”宋羽连声回绝，“还是师父留下自己用吧。”

“我已经达到了撕天之境，这东西对我已经没用了。何况九灵天君临死前认准了我，烙下咒印，我不能使用。况且这池子还能生成天地灵物，对你的修炼有莫大益处，收下吧！”

宋羽见状，也不回绝了，当下用灵力裹住了聚灵神雾池，烙下了精神力烙印。

做完了这一切，宋羽说道：“弟子拜谢师父。”

“你我师徒，何来拜谢之说？”皇甫斗眼里冒出了淡淡的笑意:“好了,多说无益,你赶紧去修炼吧!”说完,飘然而去。

宋羽眼中露出感激之色,虽说成为他的徒弟是被迫的,但总的来说,他对宋羽很不错。

宋羽不再多想,放大了池子,走了进去。

进去之后,宋羽感觉到全身毛孔都在吸收灵气,他舒服得不禁呻吟出声来。生物境到双鱼境的那一关口竟被这浓郁的灵气冲得有些松动。

宋羽深吸一口气,坐了下来,闭上眼睛,全力吸收灵力,来冲破那修炼征途上奠定基础的最重要瓶颈,陷入了寂然中。

……

一年后,宋羽终于出现了些许动静。

第二章

宋羽的胸前出现了一座水池，水池中烟雾缭绕。随着时间的推移，池中渐渐显化出了两条黑白鱼，两条鱼在水中游动，互相追逐。

要是皇甫斗看到这种情况，一定会十分惊奇，首先是因为宋羽的灵鱼异于常人，一般人的灵鱼都有自己的属性，如红色代表了火、黄色代表了土等，可是历史上还没有出现黑白颜色的属性。而且，一般人只有一条灵鱼，有两条灵鱼的人，只要不中道陨落，必然是一代霸主。

其次，一般人的灵鱼刚开始形成时，根本没有灵智，更别说游动了。而宋羽的灵鱼初生伊始就可以互相追逐，可谓是奇中之奇。

宋羽握紧了双手,喃喃道:“这便是双鱼境界的力量吗?这便是真正的修炼者的力量吗?”此刻,他全身充满了力量,他甚至感觉自己可以轰破天穹。不过,这只是境界提升后对自己力量的一种不适应罢了。

走出聚灵神雾池,皇甫斗早已笑着在不远处等他了。

“宋羽见过师父。”宋羽上前,鞠了一躬。

“不必多礼。”皇甫斗笑道,“没想到你这么快就能突破双鱼境,真是出乎我的意料啊!看来,我也可以放心送你出去了……”

“师尊,我……”

“不用说了,我意已决。”皇甫斗道,“到了双鱼境界,你就有了自保的能力了,不能总是靠我来帮助你。”

宋羽知道皇甫斗的用意,只得答应了下来。

就在皇甫斗准备离开的时候,宋羽却在山中闲逛了起来。

在这里待了这么长时间,宋羽也自然对这山里的一草一木有了感情。

当他闲逛至后山一处石壁旁时,不禁停下了脚步,细细观看起了石壁上的纹路。

石壁上的纹路很质朴,似乎出自一个山野顽童之手,但却仿佛蕴含了大道至理。宋羽第一次来到这里时,参悟了很久,但一直没能看出什么端倪。后来他又来过几次,也都是什么都没看出来。现在再到此地，他打算做最后一次参悟。

他盘膝坐在石壁下，用神魂模仿着石壁上的痕迹，并努力将两者的差别降到最低。这是对于这种纹理来说最难、最麻烦的参悟方法，但同时好处也很突出：参悟完成后的契合度一开始就高于一般的参悟方法。

当神魂的纹络与石壁上的纹络别无二致时，宋羽脑子里好像突然多了些什么东西似的，并且剧烈地疼痛起来。

这疼痛十分剧烈，以至于让宋羽忍不住躺在地上打起滚来。

良久，当疼痛消散，宋羽从地上爬起来，拍拍身上的灰尘，恨恨地骂道："当小爷好欺负是吧……"

而当他查看脑海里多出的那东西时，他惊喜地发现，竟然是能字秘！

惊喜之余，他也没有忘了去实验、运行这一圣法。

他发现，当他运行能量圣法时，他可以感受到自己容纳能量的丹田正在缓缓扩大，虽然微不可查，但他能够很明显地感觉到。同时，他也惊喜地发现，自己丹田中的能量正在由不稳定缓缓变向稳定，这是可喜的变化。从古至今，很多修士就是因为突破后能量不稳定，间接或直接导致道消身殒。

千百年来，修士们一直苦苦追寻的稳定能量的方法，竟然被自己发现了！宋羽在兴奋的同时也在暗暗告诫自己，绝不能轻易透露给别人，否则死都不知道怎么死的。

从后山回到居住的石屋，皇甫斗早已等候在那里了。皇甫斗道："准备好了吗？"

宋羽答道："嗯，可以走了。"

两个人一前一后走出石屋，皇甫斗道："一会我用灵力打出一个通道，压力会少很多，你要在十息之内飞出去。"

宋羽点头："明白了，师父。"

皇甫斗从胸前掏出一块玉，道："这是炼丹之术，是为师多年的经验之谈，等到你发针境界时才可使用。切记不可让别人看到，否则会引来杀身之祸。"

宋羽道："明白了。"

皇甫斗点了点头，继而双手朝天一推，从手心喷涌出磅礴的灵力，直冲山上的灵力层，打出一个不大的通道。皇甫斗暴喝一声："还不快走！"

宋羽飞身向天，钻进了通道。

皇甫斗收回灵力，面色隐隐发青，支撑通道耗费的灵力绝对是一个天文数字，他要静修很长时间才能恢复过来。

"但愿我这徒弟能活着回来。"他面露忧色，朝天看去。

而宋羽出了灵力层，觉得空气中灵力分子极为活跃，他觉得自己可以再突破一层了，但这不过是从灵力贫乏的秘境中回到外界，且灵气洗体后对灵力的错觉罢了。

突然，宋羽身前出现了一个人，很明显是飞速移动过来的，这倒让宋羽惊出一身冷汗，他根本看不出这人的模样。

“你……你从秘境里出来了?”那人迟疑地问道。

宋羽知道自己没有反抗之力,只得硬着头皮道:“是的,有什么……”

话音未落,那人表情严肃,对宋羽道:“跟我去见老祖宗。”说完没等宋羽答应,便带着宋羽飞身离开。

几息的工夫,那人便将宋羽带到了一顶轿子前,轿子看起来老旧不堪,漆皮也多有脱落,但却渗发着一股让人心惊胆战的威严气息,让人不敢直视。多有破损的竹帘使人隐隐可以看见一个老迈却又威严的身影,轿边伫立着几名貌似轿夫的人物,但身上隐有祥瑞显现,显然也不是什么简单人物。

那人将宋羽带到轿前,伏膝跪下道:“老祖宗,这人说自己是从秘境中出来的,我……”

轿中那人未等他说完,便道:“知道了,去吧,看看还有什么。”

那人似乎很敬畏这位老祖宗,听到这句话后没有逗留,化作一道流光离开了。

那老祖宗便又对宋羽道:“你真是从秘境里出来的?”

宋羽一躬身:“是的。”

那老人冷哼一声:“进去过就好!”说完便用灵力幻化出一只大手,向宋羽伸来。

宋羽大惊,但也深知越是危险越不能慌,便抑制住内心的不安,道:“堂堂一个家族的老祖宗,竟然对我这双鱼境界的修士出手,难道不觉丢脸吗?”

老人听得此言,却是一愣,灵力幻化的大手也消散了,旋即笑道:“小小修士还挺有胆识。你叫什么?”

“宋羽。”

“这样吧,我从族中挑出一个与你境界相当的修士和你对战,你若赢了,我便放你走。如何?”

“好。”宋羽点头。

“凌风,你来出战。”老者对身后一名年纪不大的修士说道。

那人略一躬身,径直走到宋羽面前,一副世外高人的样子,道:“出手吧。”

宋羽暗自腹诽:装什么装,一会儿小爷就让你变猪头。

宋羽虽然心有怨言,但也不敢掉以轻心。既然这人傻到让自己先出手,宋羽也不会客气,伸手抱拳,道:“承让。”

战斗刚开始,宋羽就在第一时间召唤出法宝“御诸”,使其漂浮在身前。注入灵力后,御诸的边沿散发出淡淡的蓝光,盾面上一千零二十四禁制犹如天上的点点繁星,散发出淡淡的光芒,若隐若现。

做好防御后,宋羽双手掐诀,在身旁召唤出一个又一个火球,显然是最基础的御火诀。但是宋羽知道,自己的攻击很难攻破对方的防御。对方可是大家子弟,要说他身上没有个七八件防御道器,打死宋羽他也不信。但若是现在放出破空,就会让其更加防备,反而更难击败他。

所以宋羽只有一种办法:尽力压缩火球,这样才能以点破面。若非宋羽身怀能量圣法能字秘,还不敢这样做。压缩能量本来就是一件十分困难的事,许多高境界修士都不敢轻易尝试。宋羽知道,自己这是在玩火,不留意便将自焚,但是,他有选择吗?宋羽的嘴角露出了一丝嘲讽的笑。

在压缩火球的同时,宋羽也在不断地释放着火球来吸引对方的注意力。

凌风嘴角扬起了一丝轻蔑地笑,以宋羽现在这种程度的攻击根本不可能击破他的防御。他就站在那里,任凭宋羽无力地狂轰滥炸。

与此同时,宋羽也在紧张地压缩着火球。要知道,这种事情一旦有了闪失,先死的就是自己,就算宋羽掌握了能字秘,这种程度的能量操控也不是他这个等级能够完全掌控的。

于是,战场上出现了十分诡异的局面:一方狂轰滥炸,一方岿然不动。

这种诡异的场面持续了足足有十分钟之久。

在一旁观战的老人也似乎看得不耐烦了,朗声道:"凌风,赶紧解决吧!"

凌风会意,向宋羽冲去。

其实宋羽早在三分钟前就已经将火球压缩到指甲盖大小,但是他在等待一个时机。宋羽知道,即使是他最后赢了,那老人也不会放他走,所以他要等,等一个可以赢了对手,又可以顺利逃脱的时机。

就在凌风距离宋羽不到十步的时候,宋羽突然召唤出御灵梭,飞快地遁隐在凌风的背后,把手中经过压缩的高威力火球送向了凌风。

以凌风的防御自然是不可能抵挡住这种威力的火球的,他惨叫一声,倒飞出去。而宋羽则借着火球爆炸的反作用力以惊人的速度飞向了天空。

而那老人一脸震惊之色,他想不到就是一个双鱼境界的小辈可以发出这种连他也要暗暗咂舌的攻击。他猛然意识到了宋羽的重要性,用灵力虚构出了一只大手,想要拦住宋羽。

宋羽早就料到老者不会轻易放过他,在腾空的一刹那就开始在身旁演化能量圣法,让一切外来能量都近不了身。老人的能量自然不能伤害到宋羽丝毫。

老人气急败坏地叫道:“小子,我中州元家不会轻易放过你的!”

此刻,宋羽正在极力地控制住自己不掉下去。刚才那一爆发,加上演化能量圣法几乎花费了他体内所有的灵力,此刻也只能勉强支撑不让自己掉下去。一旦没控制住,掉下去必定粉身碎骨。

这种情况持续了大约一刻钟,直到宋羽体力不支重重地摔在地上,眼前陷入一片黑暗。

醒来时宋羽便觉得自己浑身剧痛，就像每根骨头都断了一样，他勉强着睁开眼睛，却发现一双水灵灵的大眼睛在看着自己。眼睛的主人是一个少女，不过十三四岁。

“哥哥，你醒了啊。”那少女甜甜一笑，转身跑了出去。

宋羽内视，不禁倒吸一口冷气。他全身的骨头上裂纹密布，经脉大多堵塞，剩下的看似就要断了的样子。最让宋羽吃惊的是，自己丹田那点可怜的灵气就连个化池初期的修炼者都不如。宋羽暗叹：看来要想恢复好可不是一天两天的事了。

这时，那少女领了一位老人进来。老人衣着普通，身后还背着一个药篓。

“小哥，你醒了？”老人十分和蔼。

宋羽与老人交谈得知，这里是北漠的大国紫华国，女孩名叫尹华，老人名叫尹毅。尹毅是一个药剂师。十几天前在山上发现了宋羽，将他救了下来。

又过了十几天，宋羽在老人的调理下勉强可以下地走路了。

宋羽在师门里也学过一些药剂调配，于是给尹毅当起了下手。很快他就惊喜地发现，尹毅老人在药剂学上的造诣不是一般的高，经他手的药剂，效果都会提高五成以上。

就拿老人配制的聚灵丹来举例吧，在市面上一般的聚灵丹能够瞬间恢复一个普通双鱼境界修士四分之一的灵气消耗，但经过尹毅老人特殊的配制，聚灵丹便能瞬间恢复普通双鱼境界修士一半的灵气!

这就十分可怕了。试想,当两个双鱼境界修士争斗精疲力竭时,一个人却突然拿出这种聚灵丹,瞬间恢复了一半的战力,战斗的结果可想而知。

宋羽对老人的配制方法大为眼馋,经常去请教老人一些问题。而老人也能看出宋羽对药剂知识的渴望,不由得对宋羽愈发喜爱了起来,对于宋羽每次的提问都欣然应答,这一老一少便形成了一种愉快的学术讨论氛围。

转眼间,宋羽在这里住了三个月。

三个月里,他如愿以偿地学到了尹毅老人的调配秘方,对药剂学的理解也更上一层楼。

宋羽准备离开了,虽然他很喜欢这种其乐融融的氛围,但自从他拜了皇甫斗为师之后,他注定是不平凡的。

宋羽出了老人居住的山谷,身后尹毅老人和小尹华都向他不舍地道别。小尹华更是向他大喊:“哥哥,一定要回来啊!”宋羽摆了摆手,转过身,握紧拳头:“我宋羽定会复仇的,中州元家,等着吧!”

宋羽出了山谷,来到附近的小镇上,进了一家客栈。这里是最原始也是最有效的探听消息的地方。

要了一壶清酒,二两牛肉,宋羽坐下开始观察。

“你听说了吗?中州的那个大世家元家最近有大动

作了！”

“听说了，据说还和八秘境、八秘技有关！”

“据说元家的那个老祖宗大限将至，也正是因此才会如此疯狂地打八秘技的主意吧！”

“哼哼，如果他们成功了自然好说，一旦失败……嘿嘿，那么元家将一蹶不振，实力大减啊！”

“对了，最近元家还发布了通缉令你知道吗？”

“通缉令？通缉谁？什么大人物能让元家通缉？”

“叫什么宋羽，据说实力只有双鱼境。”

“不会吧，双鱼境也能闹出这么大动静？”

“人家还就是做到了，悬赏金额可不少，足足十万灵石呢！”

“乖乖……”

宋羽听到这里，瞳孔微微缩了一下，往桌上拍了几十文钱，便大步走出了客栈。

站在喧嚣的马路旁，宋羽竟有一种迷茫的感觉，自己现在无依无靠，没什么实力，还被强大的元家通缉，一时竟不知道该如何是好。

但这种感觉仅仅持续了一刻钟，宋羽涣散的眼神又重新凝聚：既然你们想叫我死，我也不能让你们太舒服！

整理完了心神，宋羽走向了不远处的聚宝楼，这聚宝楼看似卖着凡世间的物品，其实更大的生意是在与修真者的交易上。

宋羽走进去，手上一闪，一团小火苗便飘浮在了掌心。这动作做得极为隐蔽，只有小二看得见。

小二也经历过这样的事，轻声道：“原来是贵客，里面请。”说完便向楼上走去，宋羽也跟了上去。

到了二楼，那小二跑到一个富态的中年人的旁边，低语了几声，便向宋羽鞠了一躬，走向楼下。

那富态中年人脸上带着讨好的笑迎了上来：“仙人大驾光临，有失远迎。敢问客官来小店所为何事？”

宋羽道：“你们这里的区域理事人在哪儿？”

中年人道：“就在此地南面五百里的安吉城中，仙人若是有……”

没等他说完，宋羽就唤出御灵梭，道一声“多谢”，飞出窗外，扬长而去。

半个时辰后，宋羽到达了安吉城，走进了这片区域的聚宝楼主店，然后如法炮制，见到了这里的区域理事人，此人竟然也是一名修炼者，只不过只是生物境界罢了。这种等级的修炼者，宋羽已经没什么兴趣了。

当宋羽进来的那一刹那，理事人的瞳孔微微收缩了一下，他当然认识宋羽这个最近闹得沸沸扬扬的风云人物。他对那十万灵石也是十分垂涎，手上金光一晃，一道传音符便出现在了手上，低声说了几句话，那传音符便化作一道金光，向外冲去。

宋羽眼神一凝，一抬手，一道光射出，赫然是破天剑！破天剑化作一道绿光向那传音符冲去，“嗤”的一声便将那传音符斩成两段。

那理事一脸愕然之色，显然没有想到宋羽的速度这么快。传音符可是数一数二的快，鲜有灵器能追得上，且材质上佳，就是放在那让你砍，一时半会儿也砍不破，更别说是斩断了。很显然，宋羽的道器并非是一般道器。

“那么，我们现在可以坐下来好好谈谈吗？”宋羽一屁股坐到椅子上，一脸平静地对理事说。

理事显然也没想到宋羽会留他一条性命，而且肯与他商谈。但现在人家明显强，理事也只能屈从于强大实力的压力，忙道：“好，好……”

“那么，你既然知道了我的身份，要么服从，要么死亡。”

“我……服从。”理事头上冒出了粒粒汗珠。

“你叫什么名字。”

“小人何德。”

“你这里有没有能够让我改变相貌或者隐匿身形的秘法？”宋羽问道。

“这……”何德明显迟疑了一下。

“给我，我不会亏待你的。”宋羽一脸高人风度。

何德咬了咬牙，起身走向内屋，拿出了一片玉简，交到宋羽手上，道："这是须弥级易容术——改天换地。"

秘法以及神通都分为入门、芥子、须弥、奥秘四级，何德能够拿出这么高级的秘法，实属不易。

宋羽将神识探入玉简之内，感应到了这门秘法的博大精深，顿时大喜。

他将神识抽出，略一沉吟，对何德道："你，跟我来！"然后飞出窗外，化作一道流光遁去。

何德迟疑了一下，也化作流光飞身跟了上去。

到了一处偏僻之地，宋羽停了下来，一挥手唤出了聚灵神雾池。何德大惊道："这，这是聚灵神雾池！"宋羽一惊，问道："怎么？你认识这个池子？"

何德道："这池子是九灵天君的道器，因其内灵气浓郁，天材地宝众多而著名。而且我还知道这道器会随着主人修为的增长而变幻出新的功能，就连九灵天君自己也没有发掘完全。"

宋羽听了何德的话，知道这聚灵神雾池名气甚大，俗语讲：财不外露，看来这件道器是不能使用了。

宋羽理了理思绪，对何德招手说："进来。"说着便走进聚灵神雾池，何德也连忙跟上。

进了灵池，何德张大的嘴巴就一直没合拢过，嘴里不停叨叨着："天哪，这是元阳草，这是红原花，那是幽冥草，这是龙血树，那是……”

宋羽惊讶道：“这些东西，你都认识？”

何德傲然道：“那当然，我自幼便随父母加入聚宝楼，十岁就熟背聚宝楼的《天地灵宝鉴》，二十二岁蒙受长老之恩，成为修仙者，二十三岁便做了区域理事。”

宋羽讶然道：“那么你现在……”

何德答道：“二十五岁。”

宋羽暗暗惊叹：何德能够只用三年时间就从一个不知修仙为何物的凡夫俗子达到生物境界，资质绝对在上上，在灵明宗这样的小宗派里，已经可以属于重点培养对象了。

“这些天材地宝，放到市场上，绝对会让众多巨型门派疯狂的。”何德一脸肯定地说。

宋羽对何德道：“你现在是我的下属，从这里面挑几个对你有帮助的灵药去吧。”

何德愣了一下，随即一脸喜色地窜进灵药丛中去挑灵药了。

宋羽一笑，也进入池中静静修炼改天换地去了……

第三章

三天之后，宋羽让何德辞去了聚宝楼理事的职务，带着何德远遁而去。

三天后，宋羽和何德出现在了安龙城。

宋羽和何德早已被改天换地变得面目全非，宋羽嘱咐何德，从聚灵神雾池中挑出一些值钱的灵药，以备用来换灵石。现在宋羽不缺道器，不缺灵宝，不缺修炼场地，就缺灵石。

宋羽进了安龙城的聚宝楼分店，亮出了自己修炼者的身份后，小二把他们领到了二楼，这里可比安吉城的聚宝楼大多了。二楼人虽不多，但都是修仙者，连这里的小二也至少达到了化池的境界，这倒让宋羽小小地惊讶了一下。

宋羽问何德：“像这么大的店，聚宝楼在北漠有多少家？”

何德答道：“至少五十家。”

宋羽倒吸一口冷气，在北漠这么荒凉的地方，聚宝楼都有这么大的势力，那么东荒呢？中州呢？

其实这也是宋羽孤陋寡闻，要知道那些大世家，哪个没有一点底蕴，像与宋羽有过节的元家，就是中州一个强过聚宝楼的大世家。

楼上小二看见宋羽、何德两人，连忙上来招呼：“客官是买还是卖？”

“卖。”

小二手一伸，做出“请”势，“那么，请随我来。”

宋羽被小二领到了一个封闭的房间里，里面坐着一个老者，须发皆白。小二将他们领到老者面前，鞠了一躬，便退了出去。

老者神情严肃地对宋羽说道：“小友有什么宝贝？尽管拿出来让小老儿瞧瞧。”

宋羽从腰间的布包里掏出三个玉盒，一一打开。

第一个玉盒里面放的是一株黑色的人参，形状像一枚牙齿。据何德说，这参叫龙牙参，对修炼者的骨肉大有裨益，可以强身健体。由于在北漠极北之地才能采到，所以珍稀无比。

第二个玉盒里放的是一束草，何德说叫素草，是芥子丹药——驻颜丹的主要材料之一。虽然这驻颜丹只是芥子丹药,但却是众多女修士梦寐以求的丹药。哪个女的不希望青春永驻呢？驻颜丹被发明出来的几百年间,原本一文不值的素草却遭到疯狂的采摘,现在已见不到素草的踪迹了。

第三个玉盒里放的是很不起眼的一朵花,发暗红色,还只是花苞而已。何德对这花的功效也不甚清楚,只知道叫幽冥花。

当老者看到这朵花苞时,激动地指着花苞道:“这花……你从哪里摘的?”

宋羽眉头一挑:“怎么,你们聚宝楼还要管宝物的来历吗?”

老人连忙摆手:“不不不,只是,只是这花苞对小老儿作用甚大,能否……”

宋羽会意,将第三个盒子盖上,说:“这东西我不卖了,其余两个,你算算账吧。”

老人忙起身,看了看还在桌子上摆着的两个盒子,道:“龙牙参,看样子有五百年药龄,算二十万灵石;素草这种被女修士疯狂追捧的稀缺药草,就算三十万灵石吧。”

何德靠近宋羽,悄悄地对宋羽说:“他至少多算了十万灵石。”像宋羽这种从基层上来的人自然知道灵石的珍贵,对当时在灵明宗的宋羽,一个月也不过可以领取五十块灵石罢了。

老人按下桌上的一个按钮,低声道:“以最高规格,五十万灵石。”

不一会儿，一个身着旗袍的女子端着一个覆盖着红布的盘子进入了房间。放下盘子后，恭敬地对宋羽鞠了一躬才出去。

老人揭开覆盖在盘子上的红布，盘子上面放了一条腰带。老人拿起腰带，递给宋羽：“这是我们聚宝楼赠予小友的空间腰带，里面有五千方的储物空间，试用一下吧？”

宋羽接过腰带，将精神注入进去，感知到了五十颗上品灵石散发着醇厚的灵气，正静静地躺在腰带的空间里。在通常情况下，一百颗下品灵石可以兑换一颗中品灵石，而一百颗中品灵石才可以兑换一颗上品灵石。而上品灵石基本上是货币的极限了。因为在上品灵石之上的极品、神品灵石实在是太珍稀了，难得一见，是不能以下品灵石兑换中品、中品兑换上品的兑换比率来计算的。在灵石矿脉里，平均一千方上品灵石中，才能出一颗极品灵石；一万方上品灵石中，才能出一颗神品灵石。足见这两种灵石的珍贵。

宋羽验过货后，满意地道：“好，那么我们是否可以……”

老人忙道：“是是是，小友这边来。”说着伸手请宋羽。

宋羽跟着老人走进了一间地下室，老人关上门，请宋羽坐下。

“到底什么事啊？”宋羽问道。

“是这样的，小老儿的孙女在一次探险中被奇兽幽冥兽击成重伤，虽然护卫队及时赶到，击杀了幽冥兽，但我的孙女也被幽冥兽临死前发动的魂游幽冥弄得魂游天外。我孙女的肉身在这种情况下只能保全八十一天，而只有传说中的幽冥花与几样珍稀灵药配合才能唤回她的灵魂。今天已经是第七十三天了，所以小老儿看到此花才如此激动……”

“护卫队？你在聚宝楼到底是什么身份？”

“实不相瞒，小老儿就是聚宝楼北漠分区首席鉴宝师，杜俊。”

宋羽明显感到背后立着的何德气息颤动，于是心里道一声奇怪，便对杜俊说：“这样的，这幽冥花不是属于我一个人，我身后这位小哥也为采摘这朵花付出了极大的精力，请允许我与他商量一下。”

杜俊强忍住心头的那份激动，道：“应该的，应该的，你们商量吧。”

宋羽转过身来，抬手布下一道隔音禁制，问何德：“怎么回事？此人……”

何德抬起头来，兴奋地对宋羽说道：“是他，是他当年救了我，当年我与父母出外护送一批货物，却不想被灵兽截住。我父母亲被灵兽杀死，而我也即将命丧黄泉之时，杜长老带着护卫队出现了。他们杀死了灵兽，接我回了聚宝楼，但此后就再也没有见过面。”

宋羽恍然大悟道：“原来如此！既然如此，这幽冥花便便宜点儿卖给他吧！”

何德大喜，深鞠一躬道：“如此甚好，那多谢大人。”

宋羽点了点头，反身向杜俊道：“我与这位小兄弟商量过了，长老爱孙心切，这朵花不卖就是宋某不通人情了。长老开个价吧。”

杜俊略一沉吟，道：“这花于我无异于雪中之炭，至关重要。我愿出百万灵石，买下此花！”

宋羽回头看了一眼何德，何德微不可察地点了点头，宋羽回过头来，对杜俊道：“好。”并向杜俊递上了装着幽冥花的玉盒。

杜俊见状，愣了一下，随即狂喜起来。要知道，这幽冥花的价值远远不止一百万灵石。要是真有需要，千万灵石也值得！

杜俊从手上的空间戒指中，取出了一张卡片，递给宋羽。

宋羽愣了一下，问道：“这是？”

杜俊笑着说：“恩人的恩情，我无以为报，这是我们聚宝楼特制的灵卡，通用于世界各地。今日便将这卡送予恩人，以报救命之恩。”

宋羽接下了卡片，仔细一看，才发现这卡片不同寻常，卡是金色的，上面时有流光滑动，在卡片的右下角有一行数字，写着：一百万。

宋羽明白这数字代表卡里的灵石数量，向杜俊道：“长老的心意,宋某人愧受了。”

杜俊道:“哪里,哪里,这是恩人应得的。”

宋羽与杜俊客套了几句后,道:“长老,我与这位小兄弟还有要紧的事,先走一步。”说着对杜俊拱手道,“珍重!”

杜俊道:“以后恩人有什么事,尽管来聚宝楼找我!”

这才道别。

宋羽离开了聚宝楼,问何德:“如果要从这里去中州,最快要多久?”

何德略一沉思,道:“走空间虫洞最快,但是……”

宋羽问道:“但是什么?”

“但是速度快,危险性也大,如果是大世家或是大门派,自然有顶级的时空舟护送。但像我们这种散修,只能乘坐最低级的时空舟,危险性自然大很多!”何德答道。

宋羽一笑:“谁告诉你我们只能坐最低级的时空舟了?”

宋羽和何德再次来到了聚宝楼,宋羽掏出那张杜俊赠予他的卡片,朝门童晃了一晃,门童的脸色顿时变得恭敬了许多,赔着笑将宋羽引入楼中。

进去后,一位身着旗袍的女子满面笑容地迎上来问道:“客官需要什么?”

宋羽道:“时空舟。”

那女子笑着指向了楼梯,道:“贵客请到顶楼,自然有人接待。”

宋羽上到顶楼，顶楼没有几个人，一个女子迎上前来，问道：“贵客是要买时空舟吗？”

在得到宋羽的肯定答复后，女子将宋羽带到了一个小房间里，对着台子上摆着的几个小船模样的东西道：“这便是时空舟了。时空舟最大的特性便是可大可小。不知客官的心理价位是？”

宋羽摆摆手，道：“六十万左右便可。”

“好的。”女子指着台上一个泛着淡蓝光泽的时空舟，道：“此舟名曰蓝灵，是炼器大师皇甫炼亲自炼制的，但由于炼制过程中出现了意外，这蓝灵舟硬生生地降了好几个档次。贵客若是能让那些炼器大师把这艘蓝灵再凝炼一番，价格可就远远不止六十万了！”

宋羽略一沉吟，掏出杜俊给他的卡片，道：“用这张卡里的灵石。另外，再给我兑换一百灵石的晶票一百张。”

晶票是为了取代体积庞大，携带不便的灵石而存在的。毕竟，空间储存类法器不是人人都拥有的。晶票则是几位武道巨擘联手发行的一种货币。

那女子看到宋羽拿出这张卡片，面露惊容，躬下身道：“见过长老。”接着直起身来，“这张长老卡享有六折的折扣，所以长老只需花费三十六万便可以得到这艘蓝灵舟了。”然后深鞠一躬，道：“长老请随我来。”说着将宋羽二人领到一个十分豪华的包间内，道："请长老在此稍等，我去给您办。"说着便走出了包间。宋羽问何德道："这张卡还真是珍贵，能打六折。你以前见过这样的卡吗？"

何德答道："没有，但是我知道这种卡十分少见，只有长老才能发放，而每个长老最多只能发放三张这种卡，所以这种卡一般是长老自己用或者是给予身边至亲之人，可谓是弥足珍贵了。"

这时，那女子进了包间，身后还跟着一个端着盘子的侍童。那女子揭开盖在盘子上的布，盘子上面摆着缩小后的蓝灵舟和宋羽的金卡以及一沓晶票。那女子道："长老，一切手续都已经办好了。"

宋羽点点头，将蓝灵舟、金卡和晶票收进空间腰带中。反身问那女子："对了，关于皇甫炼，你都知道些什么？"

那女子答道："回禀长老，这皇甫炼原是大门派羽化门炼堂的人。后来因为门中上任门主病故，门内各位长老为争夺门主之位征战不休，门派被乘虚而入的元虚联盟屠戮殆尽，现在那些勉强逃出来的门人都不知去了哪里。"

宋羽又问："那你知道皇甫斗吗？"

女子答道："皇甫斗也是羽化门的人，他是炼堂的堂主，据说一身禁制之术高不可测，修为已臻撕天之境。乃是羽化门四大堂主之一。"

宋羽点了点头，表面一片平静，内心却波涛翻涌。

离开聚宝楼，何德将宋羽领到了空间虫洞，聘了一位时空舟手，踏上了去中州的路。一路上倒也风平浪静。

宋羽回到中州，心情澎湃不已，立马带着何德回灵明宗。

待宋羽回到灵明宗，眼前的景象却让他大吃一惊：原本一片繁荣的灵明宗，现在却只剩下了残垣断壁。以前的师兄弟，一个个倒在地上，没了气息。宋羽快步登上了一座山峰，那是他师父风明道人所居之处。

当看到一向和蔼的师父也倒在血泊中，只悬着一口气时，宋羽再也忍不住了，哭着跪在了师父面前。

风明道人很费力地睁开了眼睛，有气无力地道：“小羽啊，你回来了……”

宋羽红着眼问道：“师父，这，这都是谁干的？”

风明道人愤怒地道：“是元家！元家！法明那个王八蛋！他叛了门，向水里下了毒，亲手屠戮师门中人。叛徒！叛徒！”宋羽气愤地攥紧了拳头。师父见此，费力地抬起身子，向宋羽道：“小羽啊，答应师父，不到融通境，不要想着报仇，好吗？”

宋羽强忍住眼泪，勉强地点点头道：“师父，我答应你！”

风明道人挣扎道：“小羽啊，师父和你再说最后几句话。”

宋羽抱紧师父道：“师父，您说，我听着呢！”

风明道人道：“我灵明宗，数千年前乃是中州最大门派，在此界中也算是鼎鼎有名的大门派了。门主天星子一身修为更是此界巅峰，只差一步便可飞升。但当时门派中青黄不接，为了护得门派周全，天星子没有飞升。最后，是元家将天星子逼得飞升，大损我灵明宗元气。这次他们是来斩草除根的。在我的空间手镯中，有一小塔，名曰天塔，是我灵明宗巅峰时的护宗道器，其内道法、道器无数。你的境界越高，能取出的东西就越多。”

宋羽泪流满面，说：“我知道了，师父，您别说了，您一定会好起来的！”

风明道人惨笑道：“不，我的身体我知道，我最多活不过半个时辰了。你是为师座下最聪慧的弟子，智慧是你最有力的武器，切记不要被感情迷了眼。咱们门派还剩下几个最优秀的弟子在外历练，除了我没有人知道。这里是他们的名单，希望将来他们可以助你一臂之力。”说着，风明给宋羽怀里塞了一枚青绿的玉简，玉简闪耀着青绿色的光，风明道：“就让师父助你一臂之力吧！天地万法，移我修为，转！”

宋羽感到从风明道人的手上传来阵阵灵气，师父这是在将他的功力传给自己，他连忙收敛气息，屏气凝神。

大概一刻过后，那青绿光慢慢淡了下来。宋羽身躯一震，“噼里啪啦”的声音在体内响起，他竟直接从双鱼境界进入了裂地境。这是无数修者梦寐以求的境界，但宋羽心里却一点也高兴不起来。风明道人的嘴角渗出了一丝血迹，奄奄一息，他对宋羽道：“小羽啊，为师要去了，你要好好保护自己啊。”说毕，他仰天长啸道：“灵明宗的列祖列宗们啊，第二十六代弟子风明对不起你们！”随即咽下了最后一口气。

宋羽抱着师父的遗体，放声痛哭，“师尊，你就这么抛下徒儿去了吗?”脑海中自己和风明道人之间的情感一幕幕如潮水般涌上了心头：自己犯错了，师尊举起手来作势欲打，却始终下不去手的场面；自己功力晋升，师尊开心地抚摸着他脸庞的场面；自己想起已经故去的父母，悲伤无助时，师尊安慰自己的场面……往事历历在目，宋羽双目通红，抱着风明道人，愤怒地道：“元家，又是元家！我宋羽与元家不共戴天！我宋羽在此立誓，此等血海深仇，若不得报，我宋羽誓不为人！”

何德从一开始就在不远处静静地看着。当他看到宋羽立下誓言时，眼中闪出两道亮光，心想，跟了他，也许是个不错的选择。

宋羽知道此处不可久留，他用灵气轰出一处大坑，将众师兄弟的尸首整整齐齐地放入坑中，掩埋好，又找来一块大石，用道器削成石碑，刻道：灵明宗满门之墓。之后他将师尊留下的空间手镯认主，接着将师尊风明道人的遗体放进了空间手镯中——修者到达融通境之后，死后尸首之内会凝聚一丝魂魄不散。也就是说，风明道人还有复生的希望。宋羽看向天空，心里默默地道：“师尊，我是个孤儿，在我心里，您就是我的父母，您放心，不管付出什么代价，我都要将您复活！”

宋羽起身，拍拍长袍上的土，对何德道：“走吧。”起身，头也不回，飞向天空。何德见了，也急忙飞身赶上。

宋羽和何德来到一处荒无人烟之地，他拿出师尊风明道人留下的空间手镯。刚刚由于处于极度悲痛之中，无心去仔细观察手镯之内的东西。宋羽的神识探入后，发现手镯里的空间非常大，比他那五千方的空间腰带还大上几百倍。但里面没放多少东西，不过是一尊塔、一套盔甲和一卷卷轴。

那尊塔十分高大，门前隐隐有华光闪烁。宋羽尝试用手使劲儿推了一推，那门却连半点儿动静也没有。

无奈之下，宋羽只得尝试向这门发起攻击。在十几次的全力攻击后，门终于开了。

宋羽在门外静心调息后走了进去，一个威严的声音立刻在他的耳边响起："你是何人？"

宋羽答道："我乃灵明宗第二十七代弟子，灵明宗的最后一位弟子，唯一传人，宋羽。"

话音刚落，宋羽眼前就出现了一道虚影。这虚影剑眉星目，身着道袍，颇有一番仙人气质。

宋羽问道："您是谁？"

那虚影长叹一声，道："我乃灵明宗第一代师祖，天道子。"

宋羽奇怪道："天道子？第一代祖师不是天星子吗？"

天道子道："不，他是第四代宗主，也是自你之前最后一个有资格与我对话的人。"

宋羽奇怪道："难道数千年了，就没有一个人有资格与你对话吗？"

天道子苦笑道："我只是天道子的一个神识分身，在灵明宗退出世界巅峰的那一战中受了重创，现在早已虚弱无比，只能再出现半个时辰了。为了灵明宗的未来，我自然要好好把握这半个时辰。"然后正色道，"你的筋骨坚韧、血脉纯净、资质出众，前途不可限量！"

见宋羽不说话，天道子又道："我灵明宗自从那一战之后，再也没有像你这样的人了。方才你说你是最后的传人，想必是元家来斩草除根了吧。"

宋羽点点头道："没错，现在灵明宗满门只剩我一个人了。"

天道子愤怒道："好！好！好！元家！我灵明宗与你不共戴天！"继而转身对宋羽道："你叫宋羽？"

宋羽一躬身道："晚辈宋羽。"

天道子点点头道："好，从此刻开始，你就是灵明宗正统第五代宗主，天羽子！天地气运，替我加身！"

只见无数五色祥瑞之气不知从何处飘来，飘进了宋羽的身体里，宋羽顿觉身体清爽了许多，对天地大道的感悟又多了几分。

宋羽又是一躬身："谢师祖，不过徒孙还有几件事想请教师祖。"

天道子一挥手道："说吧！"

宋羽问道："为何我是第二十七代传人，却是第五代宗主？还有天地气运到底是什么？"

天道子沉吟了一下，答道："按本门的规矩，只有在接受上代宗主的传承之后，才能算是下一任的门主。而当年天星子被迫飞升，没有来得及将宗主的位置传承下去，以后的宗主自然算不得是正宗，只能算是代理宗主。"

宋羽点点头，道："弟子受教了，那么第二个问题呢?"

天道子答道："气运即是你的运气。上古时期，大毅力、大心智、大气运、大功德并称为四大要素，想要成为绝代强者，此四者缺一不可。"

宋羽点点头道："那么，给我介绍一下天塔吧!"

天道子道："天塔本是上界之物，在机缘巧合下被我得到了。天塔分为九层，以我当年的实力，也只能打开前三层罢了。天塔的每一层都像是一个宝库，其内存放着数不尽的宝物，当年我用前三层的宝物创办了灵明宗，便使得灵明宗成为本界第一大势力。"

说完这些话，天道子的身影虚幻了几分，他正色道："我没有多少时间了，下面我说的话你一定要记住!"

宋羽点点头。

天道子道："我打开这天塔的前三层，将最珍贵的三件宝物，都在最显眼的位置上摆放着，你一定要好好利用这些宝物，强大自身。等到你再作突破，应该就可以打开天塔的上一层了。还有，"天道子的神色突然变得落寞了起来，"也不知道她的那个组织今天是否还存在，如果她达到本界巅峰的话，现在应该还在本界吧……在第一层的一个檀木盒里，存放着天道组织的信物，你可以拿着这个信物去加入天道组织……”

宋羽震惊了，这天道组织乃是天下第一的神秘组织，其势力遍布天下。有人曾说过：“如果一个城里有一百万人，那么起码有四十万人都与天道有关联。”虽然这话有些夸张，但也反映了天道的神秘与强大。天道的强大就在于，你永远不知道在你面前的亲密好友，同床共枕的结发妻子是不是天道的成员，会不会在你毫无防备的时候发出致命的一击！

而且，听天道子的说法，他似乎还与天道组织的创始人熟识。如果她还在世的话，那么绝对是世界上最巅峰的战力，是当之无愧的杀手之王！

天道子长叹一口气：“唉，我能帮到你的也就只有这么多了，其余的还需要你自己去努力啊……记住，危险与机遇往往是并存的，只要你善于利用你的智慧，那么天下，任你驱驰！对了，这天塔来源极其神秘，万万不可在他人面前轻易露出，否则必遭杀身之祸。另外，天塔还有遮掩持有者命运的特殊功效，也就是说，任何人都无法算出你的命运，你的命运也会因为天塔而改变！这一切，我想你应该心里清楚，不用我多说。”

宋羽点点头，道：“弟子受教了。”

天道子的身影慢慢变得几乎透明了，他最后只说了一句话：“好好记住我刚才的话，我在上界等你！”最终，消失不见。

宋羽垂首而立，恭敬道：“弟子恭送师祖！”

第四章

宋羽送走了天道子之后，并未在天塔第一层前部逗留，闪身进了第一层的深处。

刚一进入第一层的深处，宋羽就看见在一个高台上摆放着一个玉盒，而高台的四周，是上百个大大小小、各式各样的盒子。

宋羽走上前去，打开了那个玉盒。玉盒里面存放着两枚玉简：一枚为青色，另一枚为赤金色。

宋羽首先拿起了那枚青色的玉简，轻触额头，将神识探了进去。

过了一会儿，宋羽神情激动地放下了那枚玉简，用微微有点儿颤抖的手拿起了另一枚玉简，轻触额头。

稍候，宋羽将神识收了回来，满脸震惊之色。

这两枚玉简竟然都是奥秘高阶的功法！

宋羽平复了心情，坐在地上开始修炼起了那枚金色玉简之中的功法。

金神破天诀，功法共分为九层，分别为：赤金阶、橙金阶、黄金阶、绿金阶、青金阶、蓝金阶、紫金阶、彩金阶和最后的神金阶！

这也是宋羽震惊的原因之一：级数多。级数多代表着这一门功法需要修炼更久的时间。同时，级数越多，代表这门功法越好；级数越少，代表这门功法的发展性越差。宋羽在看到金神破天决之前所知的最高级的功法，也只是在拍卖会上见到的一门有七个阶层的功法罢了。而仅仅就这七层的功法，出世时却几乎引动整个中州大势力的抢夺，最后更是以八百亿的高价拍出！

而此刻手中这门功法让宋羽震惊的地方还不止这些，更珍贵的地方在于：修炼这门功法后，可以拥有领域！

领域这种技能绝对是越级杀伤的利器。首先，使用它时对手的攻击力会减弱，而自己的攻击力会增强；领域本身带有的特殊技能，不仅可以虐杀同级对手，就算对手比自己高三四阶，也绝对有一拼之力。

而青色玉简中的东西虽然没有金色玉简中的好，但如果放出去也绝对会让无数人眼红。青色玉简之中记载了一门须弥巅峰级的身法:八荒步。八荒步实际上记载了八种不同的身法,各有千秋。虽然这八荒步只不过是须弥巅峰级别,但这身法却有一个最大的特点,也是最让人疯狂眼红的特点——没有极限!

没有极限!也就是说,只要你的修为、对天地的感悟在增长,这门身法就会越来越强!

半晌过后,宋羽缓缓地睁开眼睛。他双手向上一托,体旁渐渐地生成了赤金色的粉末。

宋羽感叹道:“这功法入门还挺简单的,不过越到后期,越难进行突破。”

他的手放了下去,身旁的赤金色粉末也渐渐消失不见。

宋羽又走向了下一层的入口处,虽然他知道自己现在的实力不可能打开第二层,但是他还是要试试看自己还差多少。到达第二层的入口前,宋羽尝试用灵力去感受门上禁制的强度。

果然,通往第二层的门上的禁制更为强大,宋羽估摸着到达融通境之后也许就可以打开了。

已经试过了进入上一层的条件,宋羽回到第一层存放着众多宝物的地方,找到了天道子所说的那个天道组织的信物。

这个信物是一枚令牌,上面是一个雄浑有力的“道”字。这“道”字上面不时有青色流光划过,看上去并非凡物。宋羽小心翼翼地收好这枚令牌，心想等到强大了再去寻找天道组织。

虽然这里的宝盒还有上百个尚未打开，但现在所处的荒郊野岭显然不是一个一个打开检查宝盒的好地方。万一里面有什么绝世珍宝，出世时的冲天宝光绝对会吸引来众多一个指头都可以捏死你的大人物，到时候可不就是死无葬身之地那么简单了。

宋羽出了宝塔，便看见了那一套铠甲和那卷卷轴，他从这两件物品上感觉到了极其强大的禁制气息，他自忖自己现在的修为尚无法打开，就先搁在这里吧！

宋羽出了手镯空间，就看见何德正坐在近处的空地上冥想修炼。看到这一幕，宋羽不禁对其赞叹有加：这何德不仅天赋不错，而且修炼也是极为刻苦，怪不得修炼的速度如此之快。

宋羽也没有打扰何德的修炼。坐了下来，开始冥想，并对金神破天诀进行了进一步的巩固与提升。

宋羽将心神完全集中到自己的丹田之中。丹田里，有一尊金色的、几乎微不可见的威严虚影，一串八颗带有微弱八色的宝珠以及浩浩荡荡的七彩气运云朵。

这金色虚影自然是金神破天诀产生的，而那串八色宝珠是宋羽修炼八荒步得到的。至于那浩浩荡荡的气运云朵，虽然宋羽指挥不动，但他却是能感觉到这气运云彩上令人心惊的威压。

既然无法调动，宋羽也不会在此事上过多地烦恼，宋羽将神念退出丹田，开始吸收空气中的金系灵气。

三天过去了，突然，西方不远处爆发出一阵强大的灵力波动。宋羽和何德齐齐睁开眼睛，对视一眼，收敛起灵力，双双向着西方飞去。

大约三五里外，宋羽远远就看见两个人凌空虚立，互相碰撞。两个人的每一次交锋都会激起身旁的空间泛起阵阵涟漪，有时还会有黑色的空间裂缝在身旁闪现。

宋羽见此一幕，暗吃一惊。这两人的随手一击便可以震荡空间，甚至破碎空间，这至少是四极境界的修士。宋羽记得一本书上记载过，当人的修为达到四极之后，四肢力量就会得到巨大的提升，完成向能量体的转化，所以破碎空间对于他们并非难事。

即使相隔甚远，宋羽也能感受到两人身上强大的灵力波动。宋羽知道，这地方不宜久留，万一被这两个强者误会，自己连一点反抗之力也没有。对于那种希望可以在别人交手时得渔翁之利的人，对立双方一般都会先放下仇怨，先携手将其击杀，再解决个人恩怨。没有人会希望在付出自己的汗水与鲜血之后，战利品以及自己的生命被别人收割。他忙转身问何德："离这里最近的城市是什么？"

何德略思，道："离这里最近的大城市应该是剑皇城了，就在此处东南方向大约一百里处。”

宋羽说一声：“走！”便化作了一道流光，飞遁而去。而何德也没有迟疑，飞身跟上。

一百里的距离，对于修仙者来说也就是一刻的工夫罢了。宋羽两人很快便到了剑皇城附近。

剑皇城建立在一个极为平整的山台之上，这山台自然不是天然形成的。据说五百年前有一位强大的剑修途经此地，偶有感悟，一剑将一座山峰拦腰斩断，于是后来就有了这一座剑皇城。

宋羽两人在距离城门一里之外降落了下来，改为步行。剑皇城与其他的大城市一样，都是禁止飞行进入的。据说五十年前有一个自认为强大的四极境界散修，自恃实力强大，不顾规矩，硬是要飞行进入，结果刚飞入城没有三十米，便被一把飞剑杀死，毫无还手之力。

没有人知道那把飞剑是哪里来的，城主对此更是讳莫如深。自此之后，再也没有人敢于挑衅剑皇城的权威，都变得规矩起来。

宋羽二人走到了城门下方，宋羽望着金黄高大的城墙，握紧了拳头，心中暗道：“剑皇城嘛……我会比当年的剑皇更强大的！”

城门口站着许多守卫，皆身着金黄铠甲。见到宋羽二人，面无表情地道：“一人五十晶石，一共一百。”对于身价丰厚的连撕天级强者也莫能比拟的宋羽来说，一百晶石实在算不得什么。他的手在腰带上一摸,一袋子晶石便出现在了手中。

那守卫接过了袋子,用神识点了点数目,确认无误后摆了摆手,让宋羽二人进去。

进到城门内,宋羽的第一反应便是繁华。这个剑皇城太繁华了!城内的人群川流不息,道路两旁的商铺不时传来阵阵叫卖声……

宋羽的注意力很快就被远处一座高耸的建筑所吸引。作为一个标准的没见过大世面的土包子,宋羽很快发现身旁的何德比自己见多识广得多。何德很利索地为他解决了这个疑问:那座高耸的建筑物即是聚宝楼的大甩卖场,一般来说,每年都会有一场盛大的拍卖会在这里举行。何德算了算,再过十天正好就是拍卖会了。

何德把拍卖会的情况详细地告知了宋羽,于是宋羽打算去见识一下,而且要买两件适合的道器给何德。于是二人便在剑皇城中住了下来。

对于修仙者来说,十天不过是一次入定冥想的时间罢了,在打坐之中,这十天的时间很快便过去了。

一年一度的聚宝楼拍卖大会开幕了!

各大势力、世家都摩拳擦掌,暗中筹谋着。

宋羽凭借着杜俊给予的那张长老级别的灵卡,很快进入了一个包间之内。

该入场的都入场了，礼堂内的灯光一暗，舞台上的灯光却亮了起来。人们都明白，拍卖会就要开始了。

一个身着正装的中年男子走上台，向主席台深深鞠了一躬，道："欢迎各位来参加我们聚宝楼一年一度的宝物拍卖会，我是本次拍卖会的主持郑峰。各位贵宾想必已经对我们的拍卖规则有了一定的了解，但我在这里还是要再啰唆几句！拍卖会的叫价方式分为明拍与暗拍两种形式。明拍就是直接将报价喊出来，而暗拍则需要诸位将手放在椅子旁的灵珠上，打入神念报价。好了，废话不多说，下面让我们来看第一件拍卖品……"

宋羽第一次来到拍卖会这种场合，心中连连暗暗惊叹，参加拍卖会的人都身家丰厚。一颗七彩蜃珠，估价也就三万多，可是几个人不断地争夺，竟把这颗蜃珠的价格推到了近六万，几乎是翻了一倍的价格。宋羽看得目瞪口呆，他心里不住地念叨：太疯狂了，太疯狂了……

拍卖会结束，已近午夜，宋羽搓了搓脸，让自己保持清醒：三千万！刚刚那部五阶的功法整整卖了三千万！这也说明了高阶位功法的稀有及珍贵，这也更加坚定了宋羽保守自己拥有九阶功法秘密的决心。九阶功法一旦现世，必然是一场腥风血雨，对于只有裂地境界的弱小的宋羽来说，绝对是一场灾难！

走出拍卖场的大门，宋羽走进了附近的一家酒馆。

"老邢，你听说了吗？皇天学院下个月又要招生了！"

"什么？不是离招生的日子还有六个月吗，怎么这么早就开始了？”

“这你就不知道了吧？皇天学院与他们的老对头后土学府再有三年就要举行五十年一次的大比武了，皇天学院已经连输三回了，这回再输，啧啧，面子上就挂不住喽！”

“好像是这么一回事，唉，可惜我的天资不好，要不我进了皇天学院，出来后也是一方豪杰啊！”

“老邢，就你这样子……”

宋羽暗自思忖：现在我无处安身，在外更是有着元家的悬赏追杀，危机四伏。正巧这皇天学院招生，皇天学院作为一方大势力，应该可以护得自己周全。想到这里，宋羽没有再听下去，付了钱走出了酒馆。

回到旅店，宋羽对何德说：“收拾好东西，我们即刻动身。”

何德问道：“去哪？现在外面可到处都是找咱们的人，万一被有心人认出来了，不说元家的高手，就是那些散修高手也足以把我们杀几百次了。”

宋羽一笑道：“我当然知道，不过这样下去也不是个办法，当务之急是赶紧找一个可以为我们遮风避雨的大势力避一避风头。我听说皇天学院马上就要招生，这正是一个好机会！”

何德恍然大悟道：“原来如此！好！我们赶紧动身。”

两人收拾好东西，在晚上城门关闭前出了城，这是为了防止有人跟踪。出了城，两人就飞身直奔皇天学院的方向而去。

第五章

二十天之后，两名身穿黑袍的男子走进了天府城，这两名男子自然是宋羽与何德两人了。皇天学院与剑皇城相距三万余里，宋羽他们飞行了二十多天已经算是够快的了。

刚一进城，宋羽就看到一个广场。广场上没有几个人，十分冷清。在广场的正中央竖了一大块牌子，上面写着：皇天学院招生，只招收二十五岁以下达到生物境界之人。牌子底下摆着一张小桌，一个老人正坐在桌子后面打盹。

宋羽走上前去，轻声叫醒老人，问道："老人家，这里是皇天学院报名处吗？"

那老人睁开惺忪的睡眼，瞟了宋羽、何德一眼，便随意道了一句："你们合格了。"然后甩出两张玉牌，接着道："你们出城往西走三十里，便可以进入学院了。"然后闭上眼睛，继续睡觉。

宋羽暗暗心惊，这老人看似没有半分修为，却是高深莫测，给人一种神秘之感。宋羽甚至没有察觉到老者的神识扫过他们，但是老者却是对他俩的修为洞若观火，这更是让宋羽有了几分惊惧。宋羽向那老人深深鞠了一躬，道了一声："多谢前辈。"接着便带着何德往城外走去。

那老者眼睛稍稍睁了睁，自言自语道："这小娃倒也有趣，老头子我竟然看不透他所修之功法，但言行举止却没有纨绔子弟的无礼。有趣啊，有趣！"然后又低下头去，接着睡起觉来。

宋羽将那张玉牌持在手中仔细端详，玉牌做工精美，手感温润，正面是两个大字：皇天。笔势遒劲，力压千钧，宋羽多盯了一会儿，就感觉到有一种隐隐的压迫感，想必一定是哪位学院之中的武道大能亲自题写的。玉牌的背面雕刻着一龙一凤，这一龙一凤栩栩如生，如果细看，甚至会感到那龙凤正在空中盘舞。宋羽心道：这也是一件不寻常的道器，心中便对皇天学院有了更深的期待。

出了城门，宋羽两人便往西方飞行了三十里，还隔着很远便可以看见氤氲宝光冲天而起。再走近一些，便可以看到绵延数里的金色宝阁散发着淡淡的光芒。在宝阁群前方，是一座宏伟至极的大门,这大门仿若是一整块巨大的羊脂玉雕刻而成,没有半点衔接的痕迹。大门的两侧雕龙画凤,华美异常,其上方横梁上悬挂着一个牌匾,上书“皇天学院”四个大字。牌匾上的字和玉牌上字的一样都有着强大的威压,但是宋羽可以很明显地看出两者不是出于同一人之手。

宋羽走到大门前,正欲进门,伫立在大门两旁的侍卫却拦住了宋羽,对宋羽道:“是新生吗?请拿出报名玉牌交给我们查验。”

宋羽点点头,与何德一起将玉牌交给了侍卫,侍卫拿到玉牌,手上青光闪烁,三息之后,那侍卫便将玉牌交还给了宋羽二人,将他们放了进去。

一进大门,宋羽就十分清晰地感觉到这里的灵气浓度要远远高于外面。虽然比不上聚灵神雾池,但是也十分骇人了,从这里也可以看出皇天学院财大气粗,高手如云。这样一块宝地,如果没有强大的实力保护,宝地反而会引得各家势力觊觎,变为一道催命符,死得更快。

宋羽老远就看见了“新生报到处”的牌子,走上前去,问桌子后的一位修者:“请问这里是新生报到处吗?”

那人上下打量了宋羽二人,道:“你们叫什么?我带你们去领取身份牌。学校的各种规章制度都在这本书里,拿回去自己仔细看看吧。”说着给每人递过来一本一指厚的书。

宋羽经过几次查验,明白了这报名玉牌就差不多相当于一种身份牌，只不过这报名玉牌只是证明自己已经通过了考验，有资格成为学院之中的外门弟子罢了。宋羽心里清楚，自己若是想要这皇天学院花力气来保护自己，以这一个外门弟子的身份，还是不够的，甚至有可能被交出去以息事端。

所以，宋羽的计划是在最快的时间之内让学院的高层注意到他，让他们花大力气来培养自己，这样才能顺利地躲过元家的追杀，并且迅速地提升自己的实力，以便于将来向元家复仇。

宋羽脸上浮现着谦恭的笑容，道："这位师兄，我叫宋炎，他叫何德。我们初来乍到，对学院里的制度还不太熟悉，还望师兄多指点一二啊！"说着便往这人手中塞了一张一百灵石的晶票。这人拿了晶票，脸上露出了笑容，道："没想到你年纪轻轻，还挺上道。你也别叫我师兄了，我叫孔广。"

现在外面到处有悬赏宋羽的消息，宋羽也不敢暴露自己的真实姓名，便起了个化名——宋炎。

宋羽笑了笑，说："还望孔师兄多多照顾啊！"

孔广笑着说："那必须的。我领你们去你们的府邸，在路上有什么不懂的就问我吧。"

宋羽作了一揖，道："那我就厚颜劳烦师兄了。"

说着，孔广领着他二人走到了一栋高大的建筑物前，宋羽看到建筑物，问道："孔广师兄，请问……"

孔广看出了宋羽的疑惑，笑道："这是学院的大殿，里面分为许多分殿，什么刑殿、功勋殿、执法殿都在大殿之内。我们皇天学院的藏宝库也在殿内，学院内世界的入口也在此处。”

宋羽恍然大悟道：“多谢师兄解惑！”心里却暗暗咋舌：这皇天学院果然底蕴深厚，连藏宝库这种秘密都敢让门内弟子知道，一定是自信有着强大的武力，不怕强者生出觊觎之心，强行夺宝。

孔广将二人带至一个花园之中，道路两旁有许多府邸，府邸门上都写着主人的名字。孔广为二人指了指：“喏，那两间府邸就是你们外门弟子的住宿之处了。别看这府邸从外面看着小，每一座府邸都是经过长老们的空间之力改造的，内部空间可大了！”

孔广告诉二人，在入住后，一定要将自己的名字用神识显化在门匾上，否则会招惹来很多事端。宋羽谢过了孔广，又在门口与孔广客套了一番，便进入了自己的府邸。

刚进入自己的府邸，宋羽就感觉到了房里的灵气明显比外面的浓郁，虽然比不得自己的聚灵神雾池内的灵气浓郁，但如此浓郁的程度远远高于外界。在府邸花园的地上，赫然镌刻着一个阵法，宋羽认出，这是聚灵阵。在聚灵阵的六个角上各放了一枚灵石，但都是下品。宋羽知道，阵角上的灵石的品级是决定阵法品级的因素之一，现在聚灵神雾池由于名气过盛，不能拿出来使用。宋羽可以先在聚宝楼中兑换高品级的灵石安装进阵法内，加快自己的修炼进度。

宋羽在自己府邸休息了一晚,第二天便去找孔广。

孔广一见宋羽,便迎上来道:“你来得正好,我正要去找你呢。”

“哦,师兄有什么事吗?”

孔广道:“是这样,十天后学院有一个入学排位测验,这是为学院的排位表做调查的一次测验,每个人都必须参加。测验就是要登上天梯。”

“天梯?”宋羽问道,“什么是天梯?”

“天梯是学院的强大道器,据说是九级巅峰的半神器!”

宋羽一惊,世间的道器分为十个等级,等级越高,道器越强。像聚灵神雾池就属于七级上品的道器。十级的道器被称为神器,而九级巅峰的道器,则被称之为半神器。在修者界还流传着十一级超神器的说法,但是谁也没有真正见到过所谓的“超神器”,所以,也有人认为根本不可能存在超神器这种东西。

“登上天梯如何比?”宋羽疑惑地问道。

“到时候你就知道了。”孔广神秘地说道。

修炼无甲子。十天在修炼中转瞬即逝,眨眼便是到了学院排位赛的日子。

宋羽在考核长老的解说下明白了这次试炼的规则。每个新学生都将登上天梯,而天梯将释放出强大的武道压力,学生要顶着这股压力向上攀登。只能前进,不能后退,后退就将面临淘汰,甚至被赶出学院！这股压力将持续一个月,每个学生都要尽自己最大地努力去攀登。天梯共九百九十九阶,攀登得越高,学院就会越重视,就会下功夫栽培。这天梯排位,与修为高低、道器好坏、出身贵贱无关,主要是为了考验学生的意志、毅力！

新近入学的学生仅有三百人,这三百人站成一排,面前的天梯像象牙一般洁白,散发着圣洁气息。随着考核长老的一声令下,这三百人齐齐向天梯迈出了一步,但就是这一步,高下立见！

有的学生第一步迈出,便是头上冷汗直冒,双脚发抖;而有的学生则风轻云淡,似乎十分轻松,这就是意志力的差距！上古时期有一位大能说过:“修炼一途,看的不是天资,也无关气运,最重要的是要有一颗强者之心,一颗不服输、不放弃、天不怕地不怕的皇者之心！”

宋羽明显有一颗不服输的心。在经受过能字境那股强大压力之后,他的意志已非常人可比。就连高深莫测的皇甫斗也赞叹不已,直言同辈之中也多有不及,这种强大的意志力又岂能在第一阶便被阻住?

但是,宋羽踏上第一阶时还是蓦然一惊,不是因为压力太大难以承受,而是因为压力太轻而感到不可思议。看着身旁许多人都两腿打战难以前行,宋羽几乎觉得自己与他们走的不是同一个阶梯。但现在最主要的目标就是向上攀登,以便得到学院的重视以及庇护。

三百名学生，有近三分之一都在第一阶被困住。最高的看台上，一个神秘的中年男子摇头对旁边的人说道："今年学生的质量怎么这么差？去年可是没有这么多人在第一阶就被阻下的。"接着问道，"今年的最高阶设定的还是撕天阶吧？"考核人长老仔细看了一眼天梯所发出的光芒，顿时吓得魂飞魄散，忙鞠躬道："掌教，我罪该万死，今年设定的是……"

神秘男子冷哼一声，问："什么，四极境界吗？"

那人更加惶恐了："是，是，是化龙……"

神秘男子一拍扶手便站了起来，大喝道："化龙？这考核大长老的位置我看你是不想坐了！"

就在这时，有一位白衣公子进入房中，这公子锦衣似云，轻摇纸扇，打断了神秘男子的话："考核大长老的位子，我看还是由他来担任最为合适。"

神秘男子看了看白衣公子，冷哼道："只怕是你擅自改动了最高的品阶吧！"

白衣公子笑了笑，道："我杨鹏向来做事由心，什么时候轮到你来管我了？"说完便又缓缓地离去了。

神秘男子脸上一阵青一阵红，甚不是滋味，末了叹了口气道："说到底是学院对不起他，算了吧！"接着向那考核大长老挥了挥手道："下去吧。"

长老深鞠一躬，道："多谢掌教开恩。"说完便急急忙忙地退出去了。

这神秘男子，竟然是偌大皇天学院的掌教！

花开两朵，各表一枝。说完了看台上的事，我们再来看宋羽。

宋羽直到攀登到第三百阶时才感觉到了压力；到了第六百三十五阶时才是行进艰难；到了第八百二十七阶时，才浑身难堪重负，整个人被压在台阶上，难以前行。

宋羽心道："我在能字境那种地方都能够绝处逢生，顶着偌大的压力继续前行，这不过是一次小小的测验，难道我不能将其征服？"想到这，宋羽勉强从台阶上爬起来，盘膝坐下，开始运转金神破天诀，以适应这里的压力。

但宋羽的注意力太过集中了，他没有发现，早在第六百阶时，就已经没有人能够向上攀登了。仅次于宋羽的学生在第五百零九阶就已经停下了脚步，难以前行了。现在，整个学院的目光都集中在宋羽的身上，有的嫉妒、有的愤恨、有的惊喜，不一而足。

宋羽几乎是每一阶都要停留超过半天的时间，到第三十天，试炼结束之时，有人请示那位坐在最高看台上的掌教，是否要停止试炼时，掌教饶有兴味地盯着宋羽道："不，让其他学生都下来，让宋炎继续攀登，本尊倒要看看他的极限！"

宋羽可没有闲工夫去关心时间的问题，他现在所有的心神都放在了攀登天梯上。他浑身每一个细胞都受着强大武道意志的压迫，全身的潜力也都被激发了出来。

虽然宋羽还未在学院里打通人际关系，但是他“宋炎”的名字已然是人人皆知了。人人都知道学院掌教对他青眼有加，刻意延长试炼时间，以观察他的极限。虽然宋羽还未登顶，但是却当之无愧地在新生排位占据了第一的位置。私下里，更有不少人盘算着拉拢他，想与他结交。

虽然他没有刻意打通人脉，但是这一次试炼却达到了意想不到的效果。

天梯之上的武道压力十分巨大，达到了化龙境界的地步，但是比起能字境的压力还是差了不少。宋羽在能字境中被压迫得全身渗血，甚至骨骼都受到了损伤，但对于宋羽的好处也是显而易见的。有了此前经历，宋羽以后在越级挑战时，就不会轻易被强大的武道意志所压迫，甚至，还有可能反压过敌人。

这就很厉害了。众所周知，越级挑战最大的困难之处在于武道意志的压迫以及规则领悟上的差距。

规则领悟上的差距可以依靠道器来弥补，但是武道意志上的差距却完完全全是精神层面的。低等级的人会被高等级的武道意志所压迫，十分功力只能发出七分，再加上规则领悟上的差距，越级挑战就变得更加难以实现了。但在宋羽身上，越级挑战变成了完全可能实现的事情。

第六章

经过三个月的艰苦攀登，宋羽成功登顶！

这个消息像春风一般传遍了整个学院，甚至学院之外的人也有所耳闻。要知道，此前排位试炼最强的人在五百零九阶便停下了脚步，无法再前进，而宋羽却成功登顶。

没有人比掌教听到这个消息之后更为震撼，只有寥寥几个人知道这次试炼的内幕：最高阶赫然是化龙境界级别的威压！掌教自忖自己在宋羽这个年纪也不可能做得比宋羽更好。沉吟良久，做出了一个震惊学院的决定。

“什么？直接晋升为核心弟子？”宋羽一脸震惊地看着掌教的手谕，“而且晋级至融通境，可以直接晋级为宿命之子？”

学院的弟子分为几层：外门弟子、内门弟子、精英弟子、核心弟子以及宿命之子。能晋升为宿命之子，代表着学院认可你有竞争下一任掌教的能力。如果说掌教是皇帝，那么宿命之子就是皇子，谁能继承大位，就要各凭本事了。但是这个决定也无疑将宋羽推到了风口浪尖，自己不仅登顶天梯，还连跳三级到达了核心弟子的级别，无疑会引发无数人的嫉妒和愤恨。宋羽也不是傻子，他怎么会看不出这是掌教对他的再次考验？宋羽冷哼一声：强者之路永远伴随着打击与考验，如果连这样一个考验都不能通过，又何谈报仇复宗，复活师尊？

所以，宋羽打定主意，就是要将自己的光芒散发出去，只有强势，才能解决仇怨；也只有强势，才能避免宗门惨灭的事情再次发生！

宋羽直接连跳三级，成为核心弟子之后，这个消息果然引发了无数人的不满与愤恨。宋羽叫来何德，让何德去宣布了一件震撼人心的消息：

“宋炎将在武斗殿设下擂台，静等攻擂！”

“这宋炎疯了吗？竟敢挑战整个学院！”

“这是个明智的决定，现在学院之中无数人对他不满，他急需做一件事来提升威望。再说，那些修为高出很多的人也不会厚着脸皮去挑战一个小辈。”

“哼，狂妄的小子，我倒要看看你有几分能耐！”

宋羽做出的这个决定在学院掀起了一场轩然大波，所有人都在关注着这一事件。有的人认为宋羽疯了，有的人认为宋羽做了一个明智的决定，还有的人心里对宋羽产生了极大的意见，不一而足。

这天，宋羽一大早便到了武斗殿，在殿内盘膝坐下，闭目养神。渐渐地，殿内人开始多了起来，这些人大部分是被宋羽所吸引过来看热闹的。过了正午，宋羽才起身道："诸位，鄙人在此设擂攻伐，并非是轻狂自大。相信宋某人前几天直接成为核心弟子之事各位也都有耳闻吧？对于此事，相信诸位师兄多有不服。但掌教之令，宋某人莫敢不从。今日，宋某便在此设擂，斗胆挑战诸位师兄，哪位来做这第一个？"

这番话说得极有章法，让人找不出破绽。既道出了做这核心弟子并非自己所愿，且设擂并非针对所有人，而是针对那些内心不服者的，无形中就消去了许多人的怒气。而且，这番话还隐含着"我宋羽不畏挑战"的意思，让某些想投机取巧之人不敢轻易上台。

宋羽接着说："我一天只接受三次挑战，每次挑战都要下注，这是我的赌注。"宋羽拿出了一只长梭，朗声道："此梭名曰遁灵，作为宋某人的赌注。"明眼人都看得出来，这只长梭上偶有光华流转，还有符箓浮现，一看就不是寻常之物。

宋羽刚说完，只见一个彪形大汉飞身上来："俺叫蛮铁牛！"接着嘿嘿笑了两声，抛出一本书，上书——《天算》，"这就是俺的赌注，开始吧！"

宋羽看到这本书，便知道这是一本讲易算卦术的书，这种书非常珍贵，懂得的人都视若拱璧，不愿教授给别人。一旦学到了天机演算之术，就可以测算凶吉，趋吉避凶。而这蛮铁牛一看便是个心思单纯之人，没那么多花花肠子，于是宋羽便躬身道："开始吧！"

那蛮铁牛一听宋羽这话，当下便大踏步上前，唤出了一根大铁棒，向宋羽砸落下来。

宋羽运转起金神破天诀之中的金神破空，身形变幻之间，便到了蛮铁牛身后。蛮铁牛反应也不慢，将身子一扭，大棒便向宋羽横扫过来。宋羽运起功法，跃向空中，接着身前便化出一道黄金剑气斩向蛮铁牛。

蛮铁牛左脚倒退一步，用铁棒抵住刀气，又将身体一扭，也跃到空中，用铁棒狠狠地打向宋羽。宋羽却又运起功法，闪开了。

蛮铁牛冷哼一声，吼道："宋小子，躲来躲去算什么本事？有种的，跟我对拼一击，你若抵挡住了，便算我输了！如何？"

宋羽大笑道："有何不敢？来吧！"说着便唤出了破空剑。破空剑上灵气流转，宋羽将金神灵气注入后，剑身颜色转为金黄色，金光耀眼，如太阳一般悬在空中。

蛮铁牛一反刚才憨憨的样子，坚毅的脸上变得神圣起来，语气沉稳地说："蛮神落星！"

"蛮神落星！"台下很多人露出了一脸惊容。

“什么是蛮神落星啊?”很多不明情况的新生奇怪地问。

蛮神落星是蛮族绝学:蛮神灭世中的一式,据说这一式修炼到深处,可以引来天外陨星攻击敌人,威力无比!

正说着,台上的宋羽也感受到了这一式的强大,他不得不提起十二分的精神来应对。只见宋羽背后浮现出一个威武无比的虚影,这虚影头戴平天冠,身着金龙袍,脚蹬云头靴,龙袍上龙影浮动,似要跃出来一般,腰间挂着一把皇道之剑。蛮铁牛的背后也出现了一个人影,这人半裸着上身,手提着巨大的狼牙棒,腰上围着虎皮做的战裙,皮肤上有众多的伤痕,一看便知是绝世凶人。

当这两尊虚影出现之后,不仅台下的弟子震惊了,就连学院的一些高层也惊动了。他们纷纷喃喃自语道:“这可是绝顶功法才有的降神之法啊,今天竟然出现两个……这真是天兴我皇天啊!”这两尊虚影的出现,被当作是皇天学院大兴的征兆!

宋羽闭目不语,凌空虚立,突然睁开眼,轻喝道:“掌控!”宋羽身后的虚影伸出手来,向下虚按,周围的人顿时感到了一股强大的压力。这一招是金神破天诀中对武道意志运用的一招,这一招运用起来,可以将自己的武道意志化为压力,对对手进行压迫。在这压迫之下,蛮铁牛闷哼一声,身体坠落到地上,躬蹲着,背后的虚影也黯淡了几分。相反的,宋羽这边的虚影不但没有黯淡,反而更加凝实明亮了。这两人所用的功法，都是大能所创。身为高位者，自然有一股傲气。蛮铁牛被宋羽所压制，就连功法本身也弱了几分。

但像蛮铁牛这样的人会轻易地屈服吗？显然不会。他强提起战意，大喝道：“蛮神黄昏！”身上的肌肉又壮实了几分，青筋也暴了出来，背后的虚影也变得明亮了些。

“蛮神黄昏？他竟然使用这招？刚才还以为胜负已定，现在看来，鹿死谁手还未可知。”

“蛮神黄昏？这又是什么？”

“这也是蛮神灭世中的一式，目的在于激发自己的潜力，提升能力，但一段时间过后便是会进入虚弱期，无力再战。看来蛮师兄必须在这段时间之内将宋炎打败，否则就将面临必败之局啊！”

宋羽见蛮铁牛使出这一招，在空中摆出架势，背后的虚影也缓缓地拔出腰间的皇道之剑，高举，下劈，一气呵成。宋羽喝道：“破天！”这一式赫然就是金神破天诀之中最强大的金神破天！

而下方的蛮铁牛手上提起铁棒，喊道：“蛮神，灭世！”身后的虚影旁仿佛有无数鬼魂不停地呜咽哭泣，扰人心神。虚影提起狼牙棒，身上的肌肉紧绷，将狼牙棒上下挥动。

当宋羽的剑与蛮铁牛的棒撞在一起时，顿时迸发出了无比夺目的光芒。台下的人感受到了一股气浪扑面而来，许多破脉境界的弟子甚至没有反抗之力，瞬息之间就被气浪卷走了。许多长老级的人物脸色大变,纷纷将灵气化为保护罩扣在身边弟子的身上,以保护他们不被吹走。

气浪过后,大家纷纷睁开眼睛,看向擂台。只见宋羽拄着剑,蛮铁牛拄着大棒,半跪在地上,都大口大口地喘着气。蛮铁牛抬起头来,大笑道:“俺服了,你赢了。”便躺倒在了地上。宋羽也是笑了笑,便倒了下去。

等到宋羽醒来时,发现自己躺在床上,身前有一个人背对着他,身着淡青色道袍。宋羽忙起身道:“宋炎见过掌教。”

那人转过来,有些惊讶地说:“你知道我是掌教?”

宋羽作了一揖,道:“掌教腰上带着金色的令牌,上书‘皇天’二字,据我所知,金色的令牌只有掌教级的人物才能佩戴。手上戴着青玉扳指,其上青光流转,一看便知不是凡物。另外,掌教长久以来身居高位,自然有上位者的气势。”宋羽顿了一顿,接着说:“这些条件加到一起,整个学院也只有掌教符合前面这些条件了。”

“哈哈哈,好!本尊果然没有看错你!”掌教笑道,“你与蛮铁牛的比斗,我也一直在关注。但当你二人都召唤出降神虚影时,才将我真正地吓到了。”

“掌教,什么是降神虚影?”宋羽疑惑道。

“降神虚影是只有顶级功法才具有的能力,这种能力发挥到极致,传说可以召来功法创始人的力量加持于身上,虚影也会实化,变为一个可以单独对敌的道器一般的东西。真正完整的降神之法所产生的虚影，可远比你二人在台上所产生的虚影要清晰得多。”

宋羽恍然大悟。掌教叹了口气，说：“你是灵明宗的弟子吧。”

宋羽大吃一惊，全身的肌肉便是一紧，冷汗从额上流下，要不是身体尚未完全恢复，恐怕就要立即破空而去了。掌教又叹了一口气，道：“你也不用惊讶，我们皇天一脉本来就与灵明宗世代交好，多有往来。这次灵明宗灭门的事，本来我也想伸出援手，但学院内的那些太上长老一个个顽固异常，说什么元家与灵明宗的恩怨古已有之，外人不好插手。我看就是他们惧怕元家的威势，不敢帮忙罢了！”说到此事时，掌教一副愤愤不平的样子。

宋羽拱手作揖，道：“多谢掌教为我灵明宗打抱不平，但现在宗门已毁，宋炎只有好好修炼，以期有朝一日能够光复宗门，报此大仇。”对于掌教，宋羽虽然有好感，但还是留了几分戒心的。毕竟人心难测，所以宋羽并没有告诉掌教他的真实姓名。就像宋羽这次打擂赢得的算书《天算》，就可以以人的姓名算出此人的一切。宋羽身上还是有一些秘密的，像他拜皇甫斗为师，得到了无数人都梦寐以求的能字秘，还有着元家的追杀……所以他仍然使用着“宋炎”的化名。现在虽然掌教对自己很是和蔼亲切，但如果当他得知宋羽身怀能字秘、天塔的秘密后，说不定就会动些坏心思。掌教的力量可不是现在的宋羽能够抗衡的！

掌教哈哈一笑，道："灵明宗有你这样一个天才人物，何愁不能光复宗门？在你入门排位测验时，我就注意到你是破脉巅峰。但你的气息还不太稳定，显然是刚刚步入破脉巅峰不久。你能在短短几个月就提升了境界，谈何容易？就连我们学院的一些所谓'天才'也是在这一步上困了两三年而毫无起色。"

"掌教说笑了，宋炎不过是运气好些，何谈绝世天才？倒是学院中天才众多，宋炎还要努力，才能望其项背啊！掌教，我这次赌斗所得的……"宋羽问道。

掌教笑着说："心这么急？我又不会私吞了它。"说着从手上的扳指中，取出了那一本《天算》，接着说，"这本书是一门基础的易算之法，对于初学者来说很适合，在你还没有痊愈的这些天里，你就待在这里，看看这本书吧！"

"多谢掌教！"

"我走了。"掌教说着，飞身出了屋子。

看着掌教出了房子，宋羽便拿出《天算》看了起来。

"大道五十，天衍四十九。遁去其一，是为定数，也是变数。大道无形，天道无为，缘也命也，是为定也……"

书中的语句晦涩难懂，宋羽勉强才将其读完。他想："看来得为易算之道找一个老师了。"

接下来的几天里，宋羽便是一心修炼。掌教说得没错，但掌教却不知道，宋羽的一身功力，十有八九来自于他师父风明道人的传承。传承功力最大的坏处，就在于武道境界与对天地万物的感悟不相匹配，造成了后面武道境界提升的困难以及武道根基不稳。对付武道根基不稳，宋羽身具能字秘，对于稳定能量，他不需要担心什么。但是境界与感悟不匹配的问题还是有的，所以宋羽并没有急着去提升境界，而是在裂地境界初期努力感悟。

裂地，正如其名，就是指这一境界到达深处时，修者有着撕裂大地的能力，强大无比。所以，这一境界所要感悟的就是大地规则。规则是这世界上最不可捉摸却又真实存在的东西，懂得规则的普通人可以轻而易举地将一个不懂规则的修士击杀，而且是秒杀，这就体现出规则的重要性了。而且，修士的武道境界不能高于所领悟到的规则境界等级，这是天地间冥冥的规则，没有领悟到更多的规则，无疑就是限制了自己未来的发展。所以，许多修士为了追求规则之力，宁可放弃下一境界的修炼，也不愿意让武道境界超过规则的境界。

宋羽虽然没有放弃武道修炼那么极端，但是却也深知规则的重要性，他不愿意限制自己未来的发展，所以他只能先去领悟规则。

宋羽的精神世界里。

“这就是规则之河吗?”宋羽喃喃自语道。他的面前，是一片规则蕴成的大河。河里流的不是河水,而是无数的规则!在达到裂地境之前的修士,只能冥冥中感受到这河的存在,而到达了裂地境界的修士,则可以化自己的神识为载体,寄托自己的意志于其上,真实地看到这条河。宋羽在到达裂地境界之后,还是第一次来到这规则河边。在规则之河边感悟规则无疑要比自己感悟快一些,但是也有风险。规则之河是天地间冥冥存在的,天地之间所有的修士共享这一条规则之河。当一个人参悟规则到达深处之时,这时随便一个修士,即便是境界不如他的修士,这时也可以轻易地将其击杀。当然,越是境界高深的人,就越能沿溯到规则之河的上游。传说,规则之河的源头是真正的大道规则,但似乎从没有人能够到达源头,所以这仅仅只是一个传说罢了。

宋羽在向上游沿溯的过程中,也见到许多修士正在闭目静静感悟。在宋羽靠近的时候他们就会警惕地睁开眼睛,防备着宋羽。还有些没有睁开眼睛的,身边皆有人守护或是道器保护。

"好了,就在这里参悟吧!"宋羽找到了河边最适合自己修炼的地方,盘膝坐下。当然,他在身旁布下了禁制,还唤出御诸来守护着自己,同时还唤出破空剑,以备不时之需。

当宋羽真正将心神沉浸在规则之河时,他感到无比的震撼:所有规则像天体一样在空中不断运行着,宋羽第一次感觉到自己的渺小与天道规则的伟大。如果说天道规则是大象,那么在规则里，宋羽就像蝼蚁一般渺小。

如果达到像皇甫斗师尊那样的水平，说不定可以在天地中据有一片立足之地吧！宋羽想到。但他并没有沉沦在感伤之中。他知道，现在对于他而言，每一分每一秒都是弥足珍贵的，所以他感叹后，立马便进入了感悟的状态。

三天后，宋羽从修炼状态中醒来。

这三天里，他受益匪浅。由于经过了灵气洗体的缘故，他感悟规则、提升境界本就比没有经过灵气洗体之前快很多，他现在的规则领悟已经达到了裂地境界中较好的水平了。这也就代表着，他已经算是裂地境界之中，较为强悍的了。

经过几天的休养，与蛮铁牛大战时身上的伤也痊愈了。宋羽见过掌教，与其寒暄一番后告辞，走出了这间院子。回到自己的院落，宋羽见到了何德。何德在宋羽疗伤的这几天里也没有闲着，竟是突破了生物境界，到达了双鱼境界。

宋羽刚回府，就有一个外门弟子来找他。原来竟是蛮铁牛派来的人，送上一封蛮铁牛的亲笔书信。信中写想与宋炎兄会宴一番，万望赴宴云云。宋羽知道这蛮铁牛心性直爽、为人正直，断然不会做出什么不利于自己的事来，这宴也绝不会是什么鸿门宴，所以宋羽欣然应往。

到了府前，宋羽老远就看见蛮铁牛在府门前等候，心中也有了几分感动。他也从何德那里听说了一些关于蛮铁牛的事：蛮族少主，核心弟子，被称为最有可能成为宿命之子的弟子。

当然，排除宋羽，宋羽晋升宿命之子已经是板上钉钉的事了。这样的人物能够放下身段来结交，宋羽又怎么可能拒绝呢？

蛮铁牛看到宋羽来了，老远就大叫道："哎呀，宋兄弟，你可来了，可急死俺了，快快快。"便拉着宋羽进了府中。

府内灯火通明，院内有一排席位，上面坐满了人。蛮铁牛拉着宋羽，挨个为他介绍这些弟子。这些人中，大部分都是核心弟子，甚至还有几个是宿命之子！这些人都知道宋羽的不凡，还得到掌教的青睐，所以都有心结交。宋羽也是来者不拒，多个朋友多条路，于是宋羽挨个打过招呼之后，蛮铁牛便拉着宋羽坐了下来。

蛮铁牛敬过一番简单直爽的祝酒词，酒过三巡后，宋羽才真正有机会能坐下来与蛮铁牛好好地说说话。

蛮铁牛喝了不少酒，脸上有些微红。但是修为到了这个程度，身体都经过了一定的改造，蛮铁牛更是以力著称的蛮族少主，身体自然更为彪悍，别说喝这么多酒，就算是灌了几大桶的烈酒也不会醉。普通修士身体没有蛮铁牛这么强大，但也可以把身体里的酒精用灵气逼出来，达到"千杯不醉"的效果。

蛮铁牛道："老弟啊，我真是越来越看不懂你了。看似没有任何背景，但却有着顶级的能与我们蛮族的无上法典《蛮神灭世》相媲美的功法，还能得到掌教的青睐。"

宋羽笑道："我不过是运气好些罢了。"然后端起酒杯，"蛮兄，小弟敬你一杯！"

蛮铁牛与宋羽碰了一杯，仰头一饮而尽，接着道："我是真的很惊讶，刚开始我还觉得老弟没什么本事，不过是被掌教青睐，有些来头的小子罢了。当你提出摆擂时，我开始有点喜欢你了，直来直去才是我们蛮族人的风格。当你真正在擂台上与我交手时，我就打算交你这个朋友了，你知道为什么吗？"蛮铁牛又自斟自饮了一杯，"霸道！舍我其谁，这才是我们蛮族人的气势啊！"

临近深夜，宋羽才从蛮铁牛的府邸出来。在出来之前，蛮铁牛把他拉到角落里，偷偷地对他说："老弟啊，最近这段时间你最好出去避一避风头，据我所知，君子党的那群人要找你的麻烦。"

学院里党派众多，什么五雷党、龙心党、玉成党……当然，有几个为首的大党派，这君子党就是其中之一。君子党弟子众多，据说还有一些宿命之子也加入了君子党。君子党的领袖名叫玉君，也是个宿命之子。学院对于弟子建立党派之事，虽说不支持，但也不反对。建立党派，党派与党派之间的斗争无疑可以加快人才的培养，但是学院里分党立派这种事，说出去会被人耻笑，会认为是学院管理无能，所以学院对于党派之事向来是睁一只眼闭一只眼的。

对于自己被君子党盯上这件事，宋羽并不感到惊讶。自己这段时间风头太盛，自然会有人看自己不顺眼，自然有人会找自己的麻烦。而且成为宿命之子这件事影响颇深，别人辛辛苦苦努力修炼几十年、几百年也不一定能够当上宿命之子，自己却很轻松，只要到达融通境，就能够成为宿命之子。这样无疑会招来许多努力想成为宿命之子却又无法成功的弟子的嫉恨，宋羽自忖要是自己与他们的身份调换，自己也会愤愤不平的。

宋羽也在考虑要不要建立一个党派，毕竟自己一个人势单力薄，无所依靠，更重要的是自己也不愿意寄人篱下。再说，这党派也可以为未来灵明宗光复宗门做些准备，党派中的弟子就相当于灵明宗的预备役弟子，等到他们毕业了，就是灵明宗未来的中坚力量。但建立党派之事，还是要搁置一段时间。因为现存党派的创始人或是领导人，都是宿命之子一个级别的。如果宋羽在核心弟子这一级别就创立党派，所创立的党派无疑冥冥中就会矮了别的党派一头，这样的党派在别的弟子选择加入时是不会被优先考虑的。所以，一切都要等到宋羽成就融通境之后再说。

宋羽回到府邸后，没有躺下休息，而是盘膝坐下开始修炼。如果别人看到宋羽这样子，一定就会以为宋羽是一个武痴，是一个修炼疯子。但宋羽却只能苦笑以应：他是被迫的啊！在外有元家的追杀，还有复兴宗门的重任，在学院内部现在又有君子党的威胁。成王败寇，实力称雄。这句话是放在任何地区、任何世界都适用的。所以宋羽只能变强，只有变强，一切才能掌控在他的手中。

第七章

清晨，天刚蒙蒙亮，宋羽就被一阵敲门声从梦中吵醒。他打开门一看，原来是一个外门弟子手捧一张卷轴伫立在门外。见到宋羽开门，那弟子尊敬地躬下身子道："见过宋炎师兄，这是学院最新派发的任务卷轴，请师兄过目。"虽然都是弟子，但外门弟子的地位与核心弟子的地位相差太多了。外门弟子一般会被派去做一些杂役，而内门弟子只用专心修炼便可以了。这任务卷轴是学院每年都要编发的东西，也算是一件道器，里面记载了大大小小的任务。

"收集鬼切草一百株，人级三品任务……"

"击杀嗜血马贼五十，地级七品任务……"

学院里的任务分为三大级和九小品。三大级由高到低分别是天级、地级、人级；而九品中则是九小品中最高的，一品最低。任务的奖励都是功勋点。这功勋点可是个好东西，弟子们可以在功德殿去用功勋点来兑换道器、功法和材料。宋羽刚入门时得到的那枚令牌，就是存储功勋点的令牌，同时还可以记录任务的完成情况。

学院有规定，每个弟子，每年都至少完成一个任务，否则清理出门，学院不需要好吃懒做的家伙。当然，随着弟子实力的增长，所需要完成任务的难度也在逐渐增加。如果是一个融通境的弟子，就可以毫不费力地完成一百件人级一品任务。而一百件人级一品任务所得到的奖励，是远远高于一件地级一品任务的奖励的。学院为了杜绝这种情况的发生，特意设下了一个规定：武道等级越高的弟子，所完成任务的最低等级也会相应地提高。宋羽现在是裂地境，所完成任务的底线等级是地级一品。

宋羽挑选好了自己的任务，到任务殿去提交了任务，然后被告知，将在三天后从学院大门前出发去完成任务。

宋羽挑选的是一个团体性地级七品任务，任务内容是探索北漠一处被当地人称为哀嚎洞穴的深洞。据说这洞里有强大修者的传承，宋羽的任务就是探索清楚洞穴里有些什么。

宋羽也没有什么需要收拾的东西，需要的东西都在空间腰带里放着。他修炼了三天，第三天的一大早，他便到了学院的大门前。何德也有自己的任务，与宋羽告别之后便出发去完成他的任务去了。

过了一会儿，一个身着黑衣的老者高声道："各位！"将众人的注意力吸引过来之后，又清了清嗓子，道："我是这次任务的负责人，你们可以叫我落云真人，这次的任务有一定的危险性，我希望大家提前做好充足的心理准备。"他停了一下，郑重地道："这不是郊游，任何一个微小的疏漏，都有可能让你身死道消，希望大家能够明白这一点。各位都是学院的精英，损失任何一个人都是学院不愿意看到的事情。"

接着，他唤出一个时空舟，对众人道："这是学院为了这次任务特地派发下来的时空舟，内部空间很大，每个人都有自己的房间。现在进去吧，到了目的地，我会提醒大家的。"时空舟不仅可以穿越空间虫洞，也可以作为代步的工具使用。所以，这一路上众人只用待在时空舟里就好了。

宋羽也同样分到了一个房间。作为一个核心弟子，且将来一定能够成为宿命之子的弟子，他的待遇也是其他核心弟子难以比拟的。他的房间金碧辉煌，还被分配了三个仆人供他使唤。宋羽虽然一直身居高位，但是也没有什么臭架子，与这三个仆人相处也比较融洽。宋羽在时空舟上的这些日子也没有闲着，一直在修炼。就这样一直到了此次任务的目的地——哀嚎洞穴，宋羽才停止了修炼。

宋羽下了时空舟，便皱起了眉头，刚看到哀嚎洞穴，他就觉得一阵煞气扑面而来，仿佛面前就是最为惨烈的古战场，尸成山，血似海。像宋羽这样意志极为坚定的修者都觉得煞气颇重，更不用说那些实力、意志还不如宋羽的修者了。有些人都有些沉浸在这惨烈的气息之中了，更有甚者已经神志不清了。

老者看着宋羽，暗暗赞赏：此子意志坚定，非常人可比，将来定能成为学院的栋梁之材。接着看了看那些受到哀嚎洞穴气息影响的弟子，摇了摇头，大喝一声："醒来！"将那些受气息影响颇深的弟子叫醒。那些弟子醒来之后，一个个面红耳赤，羞愧万分：自己的任务可是探索这个洞穴啊，可是现在仅仅在洞口，就被一些气息弄得头晕目眩！

老者皱着眉头说："那些在洞穴气息下迷了神志的弟子，我劝你们就不要进去了。这还仅仅是洞口而已，洞穴里面的气息想必更加浓郁深厚，进去只是平添生命危险罢了。那些留下来的弟子，我可以算你们完成了此次任务，但是所得到的奖励只有十分之一。是身家性命重要还是身外之物重要，希望你们好自为之。"

老者的这一番话，让许多在刚才气息中迷失神志的弟子心里打起了退堂鼓，纷纷选择了不进入洞穴。

老者见到这个情况，也没有感到意外，便带着剩下的十几个修者进入了哀嚎洞穴。

越是深入这个洞穴，宋羽越是心惊。身旁的煞气浓厚得仿佛要凝成实质，他的耳边仿佛能够听见鬼魂的哭叫哀嚎之声。宋羽心里暗道：这么重的煞气，这里到底是什么地方？但是没有答案，回答宋羽的只有煞气和哭叫。

在深入地下十几里后，宋羽眼前终于一亮。然而在看清楚了眼前的影像之后，他却大惊失色。

他们的面前是一片原野，原野上白骨遍地，整片原野是红色的，显然是鲜血染成的颜色。有几具尸体依然保存完好，只是伤痕累累。即便是已经死去多年，尸骸上散发出的威压却令所有人都有一种压迫感。

“神魔古战场！这是神魔古战场！”突然，众多弟子之中突然有一位弟子惊讶地喊出了声。

老者一脸阴沉地看着那名弟子，道：“什么是神魔古战场？把你所知道的都告诉我。”

“神魔古战场是上古时期天神与天魔发生大规模战争的地方。”那弟子战战兢兢地道，“传说这种地方戾气极重，而且天神与天魔所使用的法门，都是不死不休的法门，所以这地方的天地灵气都被改造成了戾气、凶气。而且，关于这神魔古战场，还有一个传说。”

“什么传说？”

“传说……传说这些神魔的灵魂并没有完全毁灭，当他们的灵魂沉寂了数百万年之后，会再度苏醒，继续上古的争斗！”

顿时，所有人都感到了一股寒意，那些神魔在上古时期便是天地间的主人，在百万年后的这个时代，成百数千的神魔一旦苏醒，所造成的后果必定是不堪设想的。有书籍记载：上古时代，神魔有拔山扛鼎之力……这样的战力，在这个法门已然残缺的时代，会造成什么样的后果呢？宋羽不敢再想下去。

老者心里显然也波涛翻涌起来：原以为只不过是一个普通的地级七品任务，没想到竟有如此大的牵扯。他从空间道器中取出学院内特有的联系道器，却发现根本联系不上学院。这种情况，只有一个可能——这里已经不是他们原来所在的空间了。但是老者还是心存一丝侥幸，认为这可能只是一个传说罢了，不想随便放弃。不多时，他便做了决定。

“所有裂地境及裂地境以上的弟子留下，其他人，出去。”老者下了这样一道命令。毕竟，这次任务的主要力量就是这些在裂地境及裂地境以上的弟子，其余的弟子在这种情况下能否自保尚未可知，老者可不敢拿这些弟子的性命做赌注。

很快地，那些实力不够的弟子便退了出去。老者沉声对剩下来的这几个人道：“你们的任务，是探索这片古战场，但千万要小心，一旦触动了什么，那么不仅是你，我们其他人一个也活不了，甚至整个北疆，也会变成人间炼狱。”

宋羽等人受了命令，也理解老者所言不虚，一个个飞身出去探索这片古战场。

古战场作为当年神魔争霸遗留下来的产物，这些尸骸自然就是那些神魔的骸骨了。有骸骨，就一定有遗物。宋羽便在地上仔细地查找看有没有什么宝物。由于害怕神识触动些什么东西，他只能用目光去查探。

一会儿，他便发现了不寻常的东西。

在一具依然保存完好的尸骸旁边，宋羽发现了一只断戟。断戟在被宋羽收取之后，旁边的尸骸立马变成了飞灰，顿时消逝了。宋羽虽然对这些东西好奇无比，但是也知道现在不是去检查这些东西的好时机。这些东西，宋羽都小心地收在空间戒指之中。

宋羽继续寻找，却没有找到别的东西。其他的修者都是战战兢兢地在搜寻，没有一个能够像宋羽这么胆大还敢发死人财。于是宋羽有所收获，而其他的修者却一无所获。在拿到这几件不知深浅的东西之后，宋羽仔细地检查了好几遍，才去与众人会合。

“我没有什么收获。”

“我也是。”

众人纷纷表示没有发现什么异常的情况，宋羽也是一样。

老者沉吟了一下，道：“虽说暂时没有什么危险，但是谁也不知道下面会发生什么事，这种事就不是我们能够操心的了。现在，大家都随我上去吧，我会上禀学院，自会有前辈高人来处理此事。”说着，便向着来时的入口飞去。

回到了地面，一切都跟众人刚来时没什么区别，老者出来之后也是暗自松了一口气，毕竟这可是上古时期强者的埋骨之处啊！如果说没有一点担心或者害怕，那是不可能的。老者掏出学院为了防止任务发生特殊情况作为联系用的令牌，向门内告知了这一情况。

很快，宋羽他们便得到了回复：学院的大能者将特地开辟一条临时的空间虫洞，接引他们回到学院。而神魔古战场许多的秘密，牵扯到了许多大人物的利益，这都不是现在的宋羽能够触及的。

宋羽等人很快就通过虫洞回到了学院。时空虫洞本就是空间规则领悟后的一项基本能力，只要领悟了空间规则，就可以花些灵力与时间来创造一个空间虫洞，这样造出来的空间虫洞不像连接各州的空间虫洞那样稳定，但一般也能够在持续三至五个月的时间内保持相对的稳定。

这次任务由于出现了变故，学院就算宋羽他们完成了任务。而那些没有进入洞穴之中的，所得到的奖励也正如老者所说，只有十分之一。宋羽在这次任务中收获了一百点贡献点。得知宋羽得到了第一桶金，孔广也是兴冲冲地来找宋羽，前往功德殿兑换物品。

宋羽随着孔广到了功德殿，功德殿足有六层楼高。孔广告诉宋羽：这功德殿被设计成六层楼高，是因为每一层只有特定的等级才能进入。比如第一层就是专门为外门弟子提供功法、道器或材料的，第二层就只对内门弟子及内门弟子以上提供服务，以此类推。第六层是最为神秘的一层，因为只有长老、掌教一级或是长老、掌教特许的人才能进入。否则,杀无赦。

功德殿门前坐着一个壮汉,有多壮呢？他的胳膊足有宋羽大腿那么粗,一看便知道他的身体里充满了爆炸性的力量。壮汉见到孔广和宋羽,脸上露出了憨厚的笑容,道:“小孔啊,又来功德殿兑换宝物了?”

孔广谦卑地道:“是的,师祖。”说着指了指宋羽,道:“他就是宋炎,也是来兑换宝物的。”

壮汉听到“宋炎”这个名字,双目中精光一闪而过:“你就是宋炎,就是那个今年闹得沸沸扬扬的宋炎?”

宋羽不卑不亢:“是的,师祖,弟子便是宋炎。”

壮汉眯起眼睛,道:“好！好!”身上便迸发出了滔天的气势,如同苏醒的远古巨兽向宋羽压来。

宋羽在能字境、学院排位中早就受过了比壮汉的威压更为强大的压迫,壮汉的威压,宋羽毫无压力地就接下了。

壮汉看着宋羽笔直地站在自己的威压中,也有些惊讶,赞叹道:“好！不愧是今年弟子中的第一人。你们进去吧,我要休息了。”说着一挥手,功德殿的门便打开了,接着便在椅子上躺了下来。

孔广见了,又是作了一揖,道:“弟子进去了。”宋羽也有样学样,模仿着孔广作了一揖后便进了功德殿。

进了功德殿,宋羽便觉得一阵宝气铺天盖地而来,定睛一看，面前分为四条路，从左到右依次是：道器、天材地宝、功法神通、上楼。

孔广笑着对宋羽说："第一层是给外门弟子留的，咱们上楼吧。"说着走到门框上有"上楼"二字的门内，对宋羽说："只要将你的身份令牌拿出来，功德殿内的器灵自会识别，将你传送到属于自己的那一层去。好了，我先去了。"说着拿出了自己的身份令牌，片刻后便被一道金光传送走了。

宋羽却没有进去，他被刚才孔广所说的话给镇住了。

器灵？器灵！

器灵是道器拥有的灵智，至少八级以上的道器才能够拥有器灵，这是修真界中的常识。

而这巨大的功德殿居然是一件道器，而且还是八级以上的道器！

仔细想想，整个学院像功德殿这样的大殿不下几十个，如果说都是道器的话，可想而知，皇天学院的底蕴有多么深厚了。

宋羽咽了咽口水，走进门内，拿出自己的身份令牌，接着便被传送到了第四层，也就是核心弟子的楼层。

一进入领取道器的房间，眼前的道器数量之众多简直让宋羽迷花了眼。宋羽还从来没有见过如此之多的道器整整齐齐地摆放在自己的面前，但当他仔细端详那些道器上的标注时，却像被泼了一盆凉水一般蔫了下来。

“混元镇天印，七级道器，可镇压敌人，也可……价值七百五十贡献点。”

“皇道开山斧，六级道器，执掌者可劈山斩岳……价值八百四十贡献点。”

“雷光刀……价值八百三十贡献点。”

“玉皇剑……价值七百二十贡献点。”

宋羽黑着脸从道器房间内走了出来：都是好东西，看着都眼馋，但就是一样都买不起。道器中最便宜的也要一百贡献点，而且以宋羽现在的实力来说，掌握这种六级、七级以上的道器还是有些吃力的。

宋羽深吸了一口气，走进了功法神通的房间。宋羽看了看标价，心里舒服了一点。自己的一百点贡献点，可以购买三到四本功法神通，这个价格还是可以接受的。宋羽仔细地在房间里挑选了起来。

最终，宋羽选取了几门神通，回到了门口，向那个壮汉鞠了一躬，道：“弟子选好了，请师祖查验。”

壮汉睁开眼，取走宋羽手里的几门神通，看了看，说：“拿你的令牌来。”

宋羽赶忙取出自己的令牌，交到壮汉手上。

壮汉取出另一张令牌，贴到宋羽的令牌上，交还给了宋羽，对宋羽说：“这些神通一共是九十八贡献点，我已经取走了这些贡献点，现在你还剩下……唔，两贡献点，我建议你多做些任务，这功德殿中的宝物，多到、好到让你没法子想象。”

宋羽点了点头，道：“弟子明白了，谢谢师祖。”

壮汉道：“明白就好，去吧。”

宋羽也没有多作停留，又鞠了一躬，便飞遁回了自己的府邸，坐下精心修习起了这几门神通。

宋羽这一次共挑选了三门神通，分别是雷电天眼、天龙咆、雷火剑。

雷电天眼是一门使用眼睛的神通。据说这门神通修到深处，可以化出雷神之眼，眼中可以喷吐雷霆，可以隔空伤人。雷霆汇聚了天地间的正气，对于邪修、魔修尤其有用。灵明宗与元家的矛盾本来就存在于二者一正一邪，灵明宗崇尚的是天地之间的浩然正气，而元家则是崇尚以力为尊，追寻上古天魔的力量。换作是灵明宗，可干不出这种斩草除根、屠灭门派之事来。宋羽挑选这门神通，也是为将来与元家斗争做一些准备。

天龙咆是一门罕见的声波功法，是通过模仿上古天龙的吼叫之声来扰人心神，为自己创造有利条件的。这门功法虽然珍稀罕见，但是在功德殿内标价却并不高，这是因为修成这门神通的条件太为苛刻了。修炼这门神通，需要以龙血沐浴身体，方能大成。换作是别的修者，可能还会迟疑，但宋羽却没有什么顾虑：将来自己加入了天道组织，龙血对于别人遥不可及，但对天道组织这种神秘而强大的杀手组织来说只不过是唾手可得罢了。

雷火剑是一门强大的剑修神通。剑修是最为擅长攻伐的修者，这些剑修都是视剑如命的武痴，心中执着于剑道，自然会在剑之一道上面有着很深的造诣。传说三十年前的最强剑修君终南面对天劫，仅以一把长剑便可抵御，后来更是用剑破掉了劫云，顺利飞升。这雷火剑虽然强大，但却并不完整，只是残本。但仅仅是残本，威力也不容小觑。这门神通也是宋羽这次挑选的三门神通中最为昂贵的一门。当然，名为雷火剑，剑势自然挟着雷火之威，对于邪道修士也有一定的克制作用。

这几门神通对于宋羽来说，都不算太过贵重，也不算难以修炼，自然是上佳的选择。宋羽在房内盘膝坐下，开始修炼起这几门神通。这几门神通对于被灵气洗体过的宋羽来说，并不算太难修炼，他很快就掌握了这几门神通的使用方法，算是入门了。要想将神通修炼臻至大成，还需要不断感悟以及练习。

第八章

就在宋羽沉下心修炼的时候，君子党却在秘密筹划着对付宋羽。

君子党的人均身着长衫，长衫样式相似，但颜色不尽相同。

为首的白长衫说："宋炎此子，进入学院时间很短，也没有为学院立下什么功劳，实力更是低微，也不知道掌教看上了他哪一点，竟然许下如此之重的承诺！这等做法，实在是难以服众！"

君子党自诩为正人君子之党，宣扬党派所做的一切都以天下苍生为重，以学院为重。但在明眼人看来，君子党却是无比地自私。宋羽这次掀起的风波，确实引起了不少质疑，君子党作为“正道”，自然要站出来教训宋羽。

黑长衫说：“哼，是该好好地教训一下这个不知天高地厚的小子，免得让别人以为我们学院无人了，竟然让一个刚入门的弟子来做宿命之子。他也不想想，学院的宿命之子，个个都是领袖一般的英雄人物，他配吗？”

君子党的弟子，都对玉君抱有着无比崇敬之情，把玉君当作了自己的偶像。现在一个名不见经传的小子跳出来，获得了和玉君一般的地位，他们自然不服气。

紫衫人说：“我听闻这次学院拍卖会中有一件宝物，是地裂境界修者提升到融通境的一份机缘，我们何不把这份机缘让给宋炎，再在机缘之处劫杀他呢？”

“好主意！”

“妙计！”

其他人纷纷赞同。

“那么，”白长衫道，“就这么做。记住，”接着站起来，“为了君子的荣耀！”

“为了君子的荣耀！”其他人也纷纷响应。

宋羽睁开眼，从修炼中清醒了过来。

“为什么雷电天眼总是凝不成实体呢？”宋羽喃喃自语道。

这时，门外传来孔广的叫声："宋炎！宋炎！"

宋羽打开门，看见孔广手持两张卷轴，便问道："孔师兄，什么事？"孔广也是学院里的核心弟子，与宋羽平辈论交，对宋羽还是很尊敬的。因为宋羽可是掌教"钦点"的宿命之子啊，抱上了这条大腿，地位自然会水涨船高。

孔广笑道："你可真是好命，才进入学院这么短的时间，就得到了学院拍卖会的邀请。想当年，我可是在学院里混了三年，才得到参加拍卖会的资格啊！"

宋羽笑了笑，道："学院拍卖会？是学院举办的拍卖会吗？"

孔广道："你才来没多久，而且大部分时间都在闭关修炼，自然是不知道这些事了。学院拍卖会是由各大党派的领导人联合发起的，受各大党派的保护。拍卖会每年都有一到两次，都是各党领袖或是弟子自愿拿出来拍卖的，拍卖的物品也是经过专门聘请的聚宝楼鉴宝长老鉴定过的，所以宝物的质量绝对可以放心。拍卖会也是学院的重大活动之一。这次的拍卖会，就在后天举办。"

宋羽听到这里，也明白了，从孔广的手里接过那张卷轴，道："我明白了，这拍卖会能带其他人入场吗？"

孔广点了点头道："可以啊，不过只能带三人以下入场。"

宋羽点点头道："明白了，谢谢师兄提醒。"

孔广笑着道："客气什么。我还有事，我先走了。"说着便离开了。

宋羽目送着孔广离开，接着走向了何德的府邸。何德的任务几天前刚刚做完。他曾经是聚宝楼的人，对宝物也了解甚多，宋羽想带着何德一起进去，也好听听他的一些建议。

宋羽敲开了何德府邸的门，向何德表明了自己的来意。虽然宋羽与何德名为主仆，但宋羽并没有什么架子，何德也不把自己当作仆人。何德在目睹了宋羽与师父风明道人的那一幕之后，也是真正地臣服于宋羽了。试想，只要自己真心辅佐，一个有情有义的人又怎么可能亏待自己呢？

何德应下了宋羽的要求之后，宋羽回到了自己的府邸，继续琢磨雷电天眼的修炼功法去了。

时间一晃就到了拍卖会举办的日子，宋羽和何德一起来到了学院拍卖场。

拍卖场门口，一个女修士在为每一位参加拍卖会的人发面具，这也是为了防止有些人因为没有抢拍到宝物而心生怨恨，杀人夺宝。面具是一件很简单的道器，可以掩盖住面貌，连身上的气息也可以掩盖住。

宋羽和何德戴上面具，进入了拍卖厅。

拍卖厅不小，但没有宋羽在剑皇城见到的那个拍卖厅大。拍卖厅内很多人已经就座，宋羽和何德随便找了两个座位，坐了下来，等待着拍卖会的开始。

很快，厅内的灯光暗了下来，一名老者穿着正式，缓缓地走上了台，向台下鞠了一躬，道：“欢迎各位到来！本人为此次拍卖会的主持，想必诸位已经迫不及待了吧？那么，下面我们开始拍卖第一件宝物……”

前面的宝物虽然贵重且品种众多，但都不是宋羽需要的。当又一件物品出现在展示台上时，这才让宋羽提起精神来。

这是一朵莲花，净世莲花。“这莲花是强者莲华老祖的传承之物，共有九十九朵，持有者可以携带这朵莲花，前往莲华老祖的传承之处，就有机会获得莲华老祖的传承。”

宋羽也听说过莲华老祖的名号，据说是一个四级巅峰的强者，擅长一种名为“灭世莲花”的强大神通，因此得名莲华老祖，但最后却是在突破化龙境界的关卡上硬生生耗费尽了寿元而死，这让人不禁扼腕叹息。

这朵像是水晶雕成的莲花，晶莹剔透，在展台上闪烁着微光，静静地漂浮着。单单是这一点，就让人不敢小视。道器在没有人掌握的情况下，就能自己漂浮起来，这需要道器本身蕴含很强的能量才能做到。

宋羽心中火热，这可是一代强者的传承啊！若说谁不心动，那是假的。宋羽现在手头上还有一百一十三万灵石，应该是足够拍下这朵莲花了。若是不够，宋羽还可以冒险从聚灵神雾池中采下一些天材地宝来卖，应该是足够买下这件宝物了。自己若是表现得强势一点，自然可以误导别人，轻松拍下这朵净世莲花。

“起拍价十万，每次加价不得少于一万，拍卖开始！”台上的老者宣布道。

“十三万！”

“十七万！”

“二十万！”

宋羽知道这样一直叫价下去会越来越高，于是干脆直接叫了一声“五十万！”

五十万基本上相当于自己的小一半身家了，但是若得到莲华老祖的传承，这传承的价值可远远不止五十万灵石！

宋羽的这一叫可谓是震惊全场了。在拍卖中很少有人会一下子将价格喊高三十万的。五十万可不是小数目，能够如此云淡风轻地叫出五十万灵石的，不是钱多得烧得慌的傻子，就是势力相当强劲的世家子弟。也只有世家子弟才能把五十万的灵石不当回事，随口叫出。这样的猜测也让许多对宋羽财大气粗动了歪心思的人更不敢轻易动手，至少是不敢在光天化日之下动手。

宋羽叫出五十万之后，全场都静了下来，没有人想再一次出价了。宋羽的表现明显是对这莲华老祖的传承势在必得，绝不容许他人染指的。如果谁再一次叫价，固然会提升莲花的价格，但这样做反而让宋羽厌恶。他们不知道宋羽的身份，猜测是什么大世家的子弟，谁能肯定大世家没有手段查出是谁叫的价呢？到时候要是遭到了报复，就得不偿失了。

拍卖师老者额头上也冒出了冷汗，若真的估价，这朵莲花以及背后代表的莲华老祖传承可不止值五十万啊，至少在一百万上下浮动。宋羽这一叫，硬是将价格卡在了五十万，全场没人叫了。老者平复了一下心情，道："诸位，这莲花可不仅仅只是莲花，还代表着莲华老祖的传承，这样的东西，难道就没有人想要吗？"话音里明显夹带着蛊惑的意味。

台下的修士们面面相觑，都没有作声：强者的传承谁不想要？但为此得罪一个大势力的传人显然就是不明智的决定了。

终于，一个修士按捺不住，叫了声："五十三万！"

宋羽瞧了瞧那修士，冷哼一声，道："六十万！"

那修士的头上瞬间冷汗密布，试探性地叫价可能给自己惹下了一个无法估量的横祸，那样的话只能自认倒霉了。

疯了，真的疯了。拍卖师老者已经没有什么话可以鼓动这些修士了，这人明显是财大气粗，不论往上叫多少，他都能给跟上去。老者也没办法，硬着头皮道："呵呵，兄台好气魄。如果没有人要叫价了，我就要开始倒数了。"

"六十万一次！"

"六十万两次！"

"六十万三次！"

"成交！恭喜这位兄台，以六十万灵石的价码赢得了这朵莲花！"

老者抹了抹头上的汗，笑着说：“下面来看下一件宝物……”心里却在默默祈祷：“这家伙可千万不要再叫价了！”

接下来的几个时辰内，宋羽的确只是静静地看着别人在叫价，自己没有去喊价，这也让许多人松了一口气。只要宋羽开口，他们百分之八十是没戏了，也不能让价抬得太高了，这就让拍卖师老者舒心了。

宋羽并非是对其他东西看不上眼，而是买下了净世莲花之后，自己的身家缩水了一大半，只剩下了五十三万的灵石了，自然是不敢乱叫价了，谁能肯定将来自己不会急需要灵石呢？自己现在又不好拿出聚灵神雾池来取天材地宝，万一被有心人发现了无疑是灾，自己还是节省着用比较好。宋羽也经常询问何德的意见，但何德可是经历过聚灵神雾池中天材地宝洗礼过的人，这些拍卖会上的东西自然是看不上眼了。

拍卖会从上午持续到了傍晚，在拍卖会结束后，宋羽向拍卖会交了六十颗灵石，取得了净世莲花后，与何德回到了宋羽的府邸。

宋羽郑重地对何德说：“何德，我有一项任务要交给你。”

何德见状也慎重起来：“大人请说，大人吩咐的事，何德必将竭尽全力去做。”

“现在太子党要对我下手，”宋羽道，“这里是一些资金，我要你尽快地组建起一个情报网络，尽可能多地结交学院里的朋友，为将来建立党派之事做好准备，打好基础。”宋羽说着便向何德手上递了三块上品灵石。

何德对于宋羽此言倒没有什么惊讶，在最初开始跟随宋羽时，他就料到了宋羽不会是那种泛泛平庸之辈。在看到宋羽山门被灭之后更是如此，他知道宋羽心中有一团火，有一团不熄的火，这团火会支持着宋羽一直燃烧，直到宋羽复仇成功。

“我知道了。”何德郑重地道，“定不负大人厚望。”宋羽能够如此轻易地就将三块上品灵石交与何德，这可是相当三万灵石的财富啊！对现在这个阶段的何德来说，无疑是一笔巨大的财富。然而宋羽能够毫无疑虑地就将这三万灵石交给何德，这需要何等的信任？这也让何德有些感动，心里更是憋了一股劲，要把这件事做好。

送走了何德，宋羽拿出了刚刚在拍卖会上拍得的净世莲花。莲花看起来就像一件再普通不过的道器，但在宋羽使用神识探索时，它就会发出异样的光芒。当宋羽的神识再次深入探索时，却感到了异样。宋羽很清晰地感觉到了手上的莲花在指引着自己前往南方，莲花所指向的地方恐怕就是莲华老祖的传承之处了。

宋羽做了些准备，便只身前往莲华老祖的传承之处。

正在此时，君子党内也沸腾了。

白长衫道：“据消息，宋炎已经离开了学院，前往莲华老祖的传承之处，我们的计划也可以开始行动了。”

黑长衫点点头道："嗯，但这宋炎的财力还真是让人吃惊，我还提前给各大势力打好了招呼，叫他们不要争抢这件东西，但那些不属于各个势力的人却不买账。然而他能拿出如此之多的钱来购买莲花，真是出乎我的意料。如果我的猜测没有错的话，他身上一定有着什么秘密。"

紫衫人道："哼，不管这小子身上有什么秘密，等到他一死，什么东西不都是咱们君子党的吗？"

白长衫点点头，道："虽然没有什么风险，但是仍需谨慎。此人十分狡猾，下手前不能被他看出什么破绽。"

黑长衫点点头，道："嗯，这件事也不适合我们君子党自己的人去做，所以我找到了雨中人南若来干这件事。"

"雨中人南若？"白长衫先是有点吃惊，然后又点点头道，"有雨中人出马，这件事已经是八九不离十了，接下来，就只等他的好消息了。"

雨中人南若，由于感悟到了雨水之道，擅使水类法术而闻名。据说，他虽然只有融通境的修为，但是他的雨之领域却是已经有了灵台境界修者领域一般的威能。由于雨之领域的隐蔽性，南若也是学院里最出名的杀手。这次请他出手，君子党也是付出了一定的代价的。

宋羽根据净世莲花的指引，前往南方。宋羽越是前行，就越能感到莲花一阵阵地悸动。他知道，这代表着他距离莲华老祖的传承之处越来越近了。

宋羽却感觉到了异样：据说这莲华老祖的传承莲花共有九十九朵。现在即将到达传承之处，倒是异常地风平浪静了一些。宋羽心中暗暗提防着，俗话说："事出反常必有妖。"此话必然不假，宋羽放出了神识，时时刻刻在身旁侦测着周围的情况。

在距离所谓的"传承之处"很近之时，天空中飘起了淅淅沥沥的小雨，越是靠近传承之处，雨就越大。这雨也非常异常，不仅宋羽的视线受到了影响，而且似乎干扰到了他的神识，宋羽的神识不得不紧缩在他身旁一丈的范围内才能够探测得清楚。

突然，异变突生。宋羽的神识感应到一把利剑从右前方向他直直地刺过来。宋羽冷哼一声，身形一晃，便向着左边闪去。

一剑刺空，一个青衫白发的少年左手执伞，右手执剑从雨中缓步走出。轻声赞叹道："没想到最近风头正盛的宋炎，果然还有几分本事。"

宋羽看着少年，寒声道："没想到大名鼎鼎的雨中人南若，竟然会放下身段，来刺杀我这种无名之辈，不怕遭到世人嘲笑吗？"

南若一笑，道："大名鼎鼎的宋炎可不算是什么无名之辈。更何况，此事只有你我知道，杀了你，不就没人知道了？"

宋羽冷笑道："杀我？只怕你偷鸡不成反蚀一把米！"

南若举起手中的剑,道:“有没有本事,试过不就知道了吗?”说罢,便缓步向宋羽走来。

宋羽感受到了极为危险的足以威胁到自己生命的气息,他如临大敌般地唤出破空剑和御诸盾,护在身前,向后退去。

“不用再做无谓的挣扎了,在这雨之领域中,我就是神灵!”

宋羽的身旁出现了八个一模一样的南若的身影,每一个气息都异常强大,似乎都是真身,八个身影在雨中犹如鬼魅一般,向宋羽扑来。

宋羽冷哼一声,执着长剑刺向其中一个身影,就在即将刺到的那一刻,宋羽却以剑尖点地,腾空而起,在空中身体一扭,飞出了包围。

“哼,我说过了,抵抗是无用的。”南若的声音在雨中显得十分缥缈,难以捉摸。

宋羽开始运行金神破天诀,浑身血气翻涌,身旁的金之领域虽然没有成型,但是隐隐地已经可以和雨之领域相抗衡了。

南若大吃一惊,但是很快便镇静了下来,随后变得很激动:“你竟然有能够形成领域的功法!这种功法,在你身上迟早是杀身之祸!还是乖乖地交出来,看在这功法上,说不定我可以饶你不死。”

宋羽冷笑,道:“真当我是砧板上的肉了吗?不如你将你雨水之道的感悟交出来,我饶你不死。如何?”

南若听得此话，不再多说，心念一动，顿时雨又大了几分，每一滴雨都充满了尖锐的灵气。假如小瞧这雨滴，定然是要付出一些血的代价的。雨之领域的威能再一次提升，要将宋羽扼杀。宋羽也催动金之领域，抵抗着来自雨之领域的强大压力。

宋羽明白，在这里坐以待毙是不行的，毕竟自己的领域只不过是功法形成的，而且自己的功法并未修炼至十分高深的地步，金之领域与南若感悟而成的领域还是有着一定差距的。想到这里，宋羽心里也在暗暗着急，这样下去，自己迟早会灵气枯竭而亡，他暗自盘算着如何才能够逃生出去。

宋羽心里想着脱身之道，可手底下并没有闲着，维持这金之领域的同时，手上还不断地发出一道道的剑气，攻向南若的分身。南若也不示弱，双手甩出一滴滴的水珠，带着凌厉的灵气攻向宋羽。然而这两种攻击在两个领域的边界之处便因受到阻力而消散了，连进入领域之内的机会都没有。

如果领域那么容易攻破的话，领域也就不会成为高手对决中的一个重要筹码了。也难怪南若会对宋羽的功法如此心动，领域如果配上与之相对应的功法，领域的威力无疑会最大化，而这样的功法往往千金难觅。宋羽的领域等级上还是比南若的领域差很多，现在能够势均力敌地与南若抗衡如此之久，也正是借助了功法与领域之间的奇妙的联系。而且，宋羽所掌握的领域在“道”的层面上来说，还是压制南若的雨之领域的。雨之领域不过是一种“道”，而宋羽的领域虽然掌握不精，但是却是属于“大道”的层次，如果南若能够将这雨之领域再加提升，说不定还真有可能将领域提升至与宋羽的金之领域一个等级的雨之领域。

当然，在普通的“道”与高级些的“大道”之上，还存在着更高的等级——“天道”和“恒道”，这就不是宋羽这个级别的人物能够得到的了。

宋羽与南若僵持了很久，宋羽的灵力已渐渐不支了。就在宋羽脱力的一刹那，一股明悟涌向心头，大喝道：“金神，破天！”

话音刚落，一道金色光影从宋羽头上飞出，直冲云霄！那金色光影携着一道道精气以及阵阵强大威压，悬停在空中。

那金色光影赫然是一个人。浑身金光闪烁，隐隐约约，然而那强大的威压却让人感到并非是虚幻。那人一身金色战甲，头戴金玉平天冠，相貌十分模糊，像是被一团雾气笼罩住了，看不真切。

宋羽由于脱力倒在了地上，用胳膊撑着自己的身体，关注着空中的那一道金影。

那金影在空中虚踏几步，便飞一般到了南若近前。南若在刚刚的领域碰撞中也消耗巨大，雨之领域也变得虚幻起来。

那金影冷哼一声，伸手轻轻一挥，那雨之领域连半分挣扎都做不出便陡然破碎。南若哼了一声，一道血迹从嘴角流出。

领域与主人合为一体，领域被破，南若自然也受到了不小的伤害。

南若脸色苍白，对金影道："前辈，晚辈是受人所托，替别人办事，还请前辈饶过晚辈，晚辈不会再行此造次之事。"

金影又是冷哼一声，开口道："你是死是活，可不是我决定，而是他。"他的声音沙哑刺耳，犹如金石碰撞一般。

那金影说完，一挥手，南若便像被什么击打了一样，横飞了出去，落在地上，摔成重伤。金影对宋羽道："这是第一次。"说完，便消失不见。

宋羽也是被这突然的转变惊得目瞪口呆，半晌没有反应过来。

宋羽回过神来，对南若说："现在你是死是活，全由我决定。让你发魂誓效忠于我，你可愿意？"

魂誓是最高级的誓言，仆人的一部分精魂将交由主人保管，也就是说，南若的身家性命，都会牢牢掌握在宋羽手中。

南若也知道自己性命危在旦夕，只要自己有一点反抗情绪便会招来杀身之祸，于是连忙点头道："愿意！我愿意！"说着分出一缕精魂，道："我南若，自愿效忠于宋炎，若有背叛，天诛地灭！"

于是宋羽感觉到一阵强大的威压聚集在天空，一阵低沉的声音响在宋羽以及南若的心中："誓成！"宋羽感觉到一阵强大的誓约之力像一座桥梁架在他与南若的灵魂之间，仿佛一念便可决定南若的生死。

南若见此，也只能一咬牙："南若见过主人！"

宋羽沉声问道："谁让你来的？"

南若答道："是君子党的人。"

宋羽冷笑一声："果然是君子党这帮家伙。"接着又对南若说："你现在就回学院，找一名叫何德的学员，他会告诉你该怎么做。"

对于宋羽的命令，由于魂誓的存在，南若不能有半点不满之意，答道："谨遵大人之命！"说完向宋羽深鞠一躬，化作一道流光飞向学院的方向。

宋羽拿出那莲花，将神识探了进去，发现了一道格格不入的痕迹。"果然被人动过手脚！"宋羽冷哼一声，用神识将那痕迹抹去。莲花指引的方向于是有了转变，指向了更远的地方。

处理完这一切，宋羽却没打算回学院。虽然这净世莲花上被人做了手脚，能够被追踪，但是这莲花上的气息却并非作伪，不然那拍卖场也不敢拿出来拍卖。据说再过一个月便是这莲华老祖的府邸"莲花宫"的开放之日，宋羽自然要前往，看看是否能够有所收获。

宋羽冷笑一声："等我回到学院之日，君子党，你们等着吧！"说着又是催动灵力，向那莲花所指引的方向赶去。

三天之后，中州大炎城。

大炎城因为莲华老祖的府邸即将开放变得热闹了几分，各大势力也都派出了弟子来争夺这莲华老祖的传承。毕竟，一个四极强者，还是一个因为强大战斗力而著名的、在突破到化龙境界的最后一关卡住耗尽寿元而死的强者，谁也无法断言他的收藏有多么广博。但是对于那些超级势力来说，一个四极强者也就是门内一个普通长老的级别罢了，就算是再强大，也不过如此。他们只是将这次府邸出世看作了一个磨炼弟子的机会，派出一些弟子争夺这传承。

九十九朵莲花，也正是分布在这些大势力的手中，那些自由修士只有凭借强大的实力才能勉强占据其中一朵罢了。

城门，一位青年修士停了下来。

“终于到了。”青年的脸上露出了欣喜之色。

这青年，正是宋羽。

宋羽这三日来马不停蹄地赶路，终于到了莲华老祖的传承之处。距离莲华老祖的府邸出世还有将近一个月的时间，宋羽来到了距离府邸最近的一处城池，准备在此稍事歇息，等到府邸出世之日再行前往。

毕竟，宋羽现在实力还不够强大，还无法做到几个月不休息、不吃饭。

进了城，宋羽找了一家酒馆，找了一间房，住了下来。

随着时间一日一日地过去，大炎城中聚集的强者也是越来越多，每天都有强大到令人心悸的气息进入城内。城内的治安也是变好了许多，那些平时为非作歹的小混混已不敢出来再随便滋事了。毕竟，一旦惹到了什么强者，可是要招来杀身之祸的。

宋羽在这一个月的时间里，又反复参悟了那几门神通。毕竟，拳头大才有话语权。

一个月的时间转眼间便过去了，终于到了莲华老祖的府邸出世之日。

宋羽从修炼中清醒过来，收拾了一下便赶往府邸出世之处。

距离大炎城不远的山峰上，一个身着深青色长袍的青年正眯着眼望着远处的平原。旁边一人碎步跑到他的身边，道：“玉君，时间快到了。”

这青袍青年，就是君子党的领袖——玉君！

玉君点了点头，飞身下了山。

第九章

宋羽可不知道君子党的领袖也到了这里，赶到传承之处时，那里已经人满为患了。各种境界的散修低声讨论着，场面显得无比的混乱。

忽有一人飞身空中，大声道："诸位道友，我乃中州后土学府宿命之子，罗时！诸位到这里来无非是为了莲华老祖的宝藏和传承。这府邸即将出世，还需要九十九位持有净世莲花的道友合力打开府邸，各位才能进去。还请诸位持有净世莲花的道友显露身形吧！"

哼，后土学府倒是好手段，组织起人来打开府邸，倒好像是主人一般。宋羽心中冷笑道：显露了身形，必然会招惹众多强者的觊觎，在混乱中，后土学府有组织的行动自然可以获得最大的利益。但是宋羽也没有迟疑，在使用改天换地稍微改变了容貌之后，他和其他持有净世莲花的人一起停在了空中。

随着这些人的升空，底下也有不少人开始蠢蠢欲动，心中暗暗记下了这些人的容貌，以备将来找到机会，出手夺取。

“诸位道友，府邸即将出世，不如我们合力打开这府邸，那么大家都能取得收益，如何?”罗时道。

宋羽等人心里明白，如果此时谁站出来拒绝，必然招致众怒，同时也给了下面那些人一个动手的理由，于是只能纷纷点头。但这样被后土学府的人掌控着局面，总让宋羽有种不舒服的感觉。

所有人都在等待着府邸出世。

半晌过后，大地一阵震颤。罗时惊喜地抬头自语：“终于要出世了吗?”

只见远处的大地裂开一条口子，一座黑色的府邸缓缓地从地底升起，雕梁画栋，精美异常。而且这府邸还带着强大的威压，像是一个四极境界的强者站在面前似的。可见这府邸也是一座品阶不低的道器。

所有人都没有迟疑，飞身向府邸的大门口冲去。

到了大门口，门前的两座石狮子十分逼真，双目像是盯着所有的人似的，给人一种异常诡异的感觉。随着人数的渐渐增多，这诡异感也是越来越重了。

终于，等到修士基本到齐了，石狮子的身上突然崩开了裂痕，狮子嘴里也隐有仿佛来自远古的吼叫声，令不少低阶修士心惊胆战，甚至两腿都在瑟瑟发抖。更有一些修为低的修士口吐白沫，直接昏死过去。

最终，石狮完全裂开，从里面爬出两只真狮子！很多明眼人一看便知："尸傀！这是尸傀！"

很多人不解："尸傀是什么？"

有人答道："尸傀就是一些大能将灵兽或是修士的尸体以炼器的方法练成傀儡，加以控制。虽然没有了神识，但肉体力量却更加强大，隐隐有实力超过生前的趋势！"

罗时大喝道："诸位道友不必惊慌，这尸傀不过是莲华老祖府邸的守护兽罢了，只要持有净世莲花的传承者们合力催动莲花，就能够打开大门而不受伤害。"说着，从空间戒指中拿出了自己的净世莲花，惹得身旁没有净世莲花的人十分眼红。

众人纷纷拿出净世莲花，一齐催动，莲花之上泛起阵阵红光。那两只狮子吼叫了一声，又变成了石狮子，先前给人的诡异感也不复存在了。

降服了这尸傀，众人却并未停手，却是更加卖力地催动着莲花。几息过后，每一朵净世莲花之上都射出一道红光，射向那府邸的大门。

一阵诡异的沉默之后，府邸的大门一阵震动，缓缓地打了开来。

“走！”因等候已久，府邸刚刚开门，众人便迫不及待地冲了进去。宋羽没有迟疑，也紧步跟上。

刚进入府邸，宋羽便觉得一阵灵气扑面而来。这灵气的浓郁程度，较之他的聚灵神雾池也相差不大。经过灵气洗体的他对于灵气本来就很敏感，来到这府邸之中，他甚至觉得身上每一个毛孔都舒展了开来。

但是，一群人如狼似虎地扑向府邸的更深处，让他没有时间去享受这舒爽的感觉。他不敢停顿，随众人一起冲向府邸更深处。

在道路的两旁，分布着各式各样的宫殿，其上都有禁制，隐隐流动着熠熠光彩。当大家竭尽全力轰开一座宫殿门之后，众人都为其中的惊人财富而疯狂了。

“这么多丹药！都是我的！我的！”

“挡人财路如杀人父母！谁要跟我抢，不要怪我今天不客气！”

“拼了！干了这一票，几十年都不愁了！”

在府邸的各处，争夺殿内财富的事情同时发生，大小火并不断。

但是宋羽却没有为这些东西停下脚步，这府邸既然是道器，莲华老祖羽化后必然就成了无主之物。路旁宫殿里面的财物固然让人眼红心跳，但是比起这件道器来说却还差得太多。

毕竟，还有些禁制是众人无力轰开的。一旦掌控了这座府邸，这些禁制也自然随主人掌控。这些众人无力轰开的宫殿，里面的宝藏数量以及质量也必然远远超过众人能够轰开的那些宫殿。

所以宋羽不敢停留，飞速向府邸更深处赶去。

这府邸内部的空间呈圆盘状结构，外部有一条条道路通往内部。在这座府邸的最中心处，赫然矗立着一座与其他宫殿截然不同的庞然大物。这座宫殿通体呈深红色，颇有一种古气。

宋羽到达之时，后土学府罗时也刚刚到达，一些有强大势力的弟子也正赶往此处。他们可不像外面那些人一样鼠目寸光，贪芝麻丢西瓜的事他们可不会做。

随着人越来越多，这间宫殿的大门也慢慢敞开。一个苍老的声音道："持有净世莲花之人可进，其余人，若进，则死！"

声音不大，但语气中的强势却可见一斑，声音主人的身份也显而易见便是这府邸的前任主人：莲华老祖。但声音也只笼罩在这宫殿周围百步之内的范围。很显然，莲华老祖认为，连看到一点丹药、功法、道器都无法把持得住的人，是没有资格成为他的传承者的。

宋羽等持有净世莲花的传承者心中一喜，便飞身进入，其他没有净世莲花的修士却面有不甘之色。

有一个发针境界的修士顶着道器想要硬闯，却被一朵飞出的莲花碰到，刹那间尸骨无存，连道器也没有剩下。这让其他人心有余悸，不敢再硬闯。有些修士知道自己夺府无望，只好一咬牙，反身回到那些小宫殿里抢夺财物去了。

宋羽与几个传承者进到这间宫殿之中，就像刘姥姥进了大观园，左看右看，煞是好奇。一个老人的虚影浮现，道："你们有一天的时间，找到这府邸的器灵并且获得它的认可，便可以得到我的传承。但在这里动手者，死！"说完，虚影便消散了。

宋羽听完这一番话，心里甚觉奇怪，莲华老祖说来也是一代枭雄，在选择衣钵传承上面怎么可能如此轻率？仅凭器灵择主便决定衣钵传人，这么随便的行事风格让宋羽觉得有些没想到。

但是一天的时间看起来多，实则很少。宋羽等人没有迟疑思考的时间，马上行动了起来。

寻找器灵，说起来容易，实际上却是万分困难。毕竟，他们都还在这道器的空间内，只要是器灵想躲，他们便不可能找到。而且莲华老祖留下的神念也说了，在这里动手者，会遭到灭杀。在这里动手，恐怕不只是指传承者之间的动手，也指传承者对道器动手逼迫器灵现身的行为。

宋羽感受着空间内浓郁的灵气，在院里四处走动着，冥思苦想。

突然，宋羽发现身旁的灵气更为浓郁了。于是他心中一动,便四下寻找引起这变化的东西。

一朵莲花引起了宋羽的注意。

虽然这府邸中随处可以见到莲花,但是这朵莲花细看却有些与众不同。花瓣上有淡淡的灵气萦绕,这是其他莲花都没有的。其他人都忙着在屋子内寻找,都对屋内台子上的莲华老祖的塑像更感兴趣。

宋羽心中一喜,知道自己可能抓住了关键,便原地坐下,开始全力炼化。

炼化很顺利,基本上没遇到什么阻碍。当炼化完成之后,宋羽便隐隐地感觉到自己对这府邸内的天地有了掌控之感。

宋羽知道自己无意间成为了真正有资格得到莲华老祖传承的人,欣喜万分。他急忙唤出器灵来,进行最后的考验。

宋羽一召唤器灵,神识空间中就有一个老人模样的器灵出现。直到这时宋羽才明白为什么莲华老祖会放心地让一个器灵来选择自己的传承者。

这器灵的模样,完全和先前出现的老者虚影一模一样!

没等器灵开口,宋羽就淡淡地说:“如果我没猜错的话,您就是莲华老祖吧?”

那器灵倒也没有否认,大笑道:“哈哈哈,小友果然好眼力!我当年寿元枯竭,无力回天,只有将自己的神魂化作这间府邸的器灵才得以苟延残喘。”说到这,莲华老祖心中也是一阵苦涩,自己这样一个成名已久的巅峰强者,竟然需要以这种方式来延缓自己的死亡，这让莲华老祖心中颇不是滋味。

宋羽笑了笑："只是我以前看过几本古籍上面记载过这种方法罢了。怎么样，现在我通过前辈的测试了吗？"虽然灵明宗没落已久，但是门内典籍馆藏丰富，再加上宋羽是宗主的弟子，藏经阁内的典籍更是任他翻阅，这也就造就了宋羽的眼界远超其他同道人。

莲华老祖大笑起来："好小子，够爽快！既然你能够一眼看破我的身份，这件道器和我的传承就算是找到了合适的继承人。你得到了我的认可。无天，出来见过新主人。"

无天？宋羽心中疑惑，自己的神识空间内怎么可能有外人进入？

让宋羽惊讶的是，一个壮汉出现在了他的面前；更让他惊奇的是，他感觉到这壮汉更像是这间府邸道器的器灵。

"双器灵？"宋羽沉吟了一下，仿佛想起了什么，面露惊容。

莲华老祖讪笑道："我当年寿元无多，临死前也只想着如何能够活下去，倒是没考虑那么多。"

众所周知，道器都是有器灵的。当然，低级道器的器灵不会思考，没有意识，只是隐隐地有一种类似于人类的感情。比如主人因为受到刺激而发狂时，道器也会跟着发狂，爆发出更加强大的力量。然而高级道器的器灵却有着自己的意识，能够像人类一样思维。越是高级道器，器灵的拟人程度就越高。

传说那凌驾于道器之上的器灵，更是能够以一个单独的人的身份存活于世间，甚至可以修炼提升品阶。当然，那么高阶的器灵也不是现阶段的宋羽能够接触到的。

宋羽之所以面露惊容，是因为这双器灵是一种非常特殊的能够让道器发挥出类似于灵器的方法。但这种方法太过凶险，成功率太低，一不小心，道器中那些植入的器灵便会爆炸，并会爆发出毁灭性的能量，道器也会损毁。因此，凝炼之法虽然不难但却无人敢用。

双器灵的道器，可以留下一个器灵操纵道器，另一个器灵可以幻化出身形，出来以器灵形态与对手的神魂搏斗。也就是说，收了一个双器灵的道器，就相当于在道器的基础之上又收了一位强力的打手。而由于双器灵道器的特殊以及代价巨大，所以每一个双器灵道器都是弥足珍贵的。

历来双器灵的道器出世往往都伴随着一阵血雨腥风。

宋羽沉吟了一下，对莲华老祖道："前辈也应该知道双器灵的道器一旦出世，会引起多大的震荡。前辈就先不要显露身形，在府邸之内好好地休息，如果我觉得需要您出手的话，会召唤您的！"

虽然莲华老祖羽化前是一名绝世强者，但是现在已经变成了一个器灵，而道器认了宋羽为主，宋羽倒也不怕他暴起伤害自己或是图谋不轨。毕竟，成为了器灵就意味着不能够再转为人类之身了，伤害了宋羽对他也没有什么好处。同时，莲华老祖还会不遗余力地帮助宋羽达到更高的境界。

莲华老祖点了点头。他也是个识趣之人，自然不会在这种小事上计较，更何况宋羽做得没错。虽然表面上没说什么，但是心里却对宋羽赞赏有加。毕竟，宋羽这么年轻，修为已然不弱，还有着这样的做事手段，将来必然是一方枭雄。

宋羽道："这样，等会儿您把所有人清出府邸，我在这里修炼一段时间，半个月后我再出关。"

莲华老祖点点头，道："看来你很低调啊，丝毫不想引起别人的注意。"

宋羽眼中射出仇恨的光芒，点了点头："我要报仇，但我现在还太弱了，我要变强！"

莲华老祖点了点头。作为曾经的强者，他很清楚修士界恩恩怨怨相报相还很平常。

转身，莲华老祖的虚影便浮现在府邸上空，朗声道："试炼时间已到，府邸将在三百年后再次开启！"说着，府邸就释放出一阵强大的排斥力，将所有人推出府邸，众人捶胸顿足。但是宋羽却没有被推出去。

宋羽在灵气最浓郁处盘腿坐下，开始运转金神破天诀。

在第五天的时候，突然暗处一道穿着黑袍的身影暴起，冲向宋羽。

宋羽双目突然睁开，唤出御诸挡在身前，但是强大的力量却将他打出了几米远。

“我就知道你没有走。”宋羽道，“强大的道器总是让人心动啊！是吧？罗时？”

黑袍人将戴在头上的帽子缓缓地扯了下来，露出了罗时的脸，看不出什么表情。

实际上，在将所有人都清出府邸的时候，莲华老祖就告诉宋羽有一个人并没有被清出去，他使用了一种特殊的神通，将自己的灵力化作与府邸道器的灵力差不多的形态，抵消了排斥力。但瞒得过别人，瞒不过器灵。虽然罗时隐藏得很好，还是被莲华老祖发现了。

宋羽这些日子一边修炼，也一边提防着罗时的偷袭。

罗时知道自己暴露了，也并不十分惊讶，只是淡淡地笑了笑：“果然，能够一进学院就让掌教看重的宋炎的确手段不凡。”

宋羽笑了笑：“你在我的府邸中隐藏了这么久，想来有所图谋吧？既然如此，我们也没什么好说的，胜者为王，败者为寇。既然你觊觎我的道器，那么还不如直接动手，不要婆婆妈妈！”

话音未落，宋羽便已经出手了，喝道：“锋锐！”说着手上化出一道金黄的剑气，斩向罗时。

罗时向后一闪，道：“镇山印！”一道山的虚影便冲向宋羽的剑气，猛然相撞。

山的虚影在碰到宋羽的剑气时，没有什么抵抗之力便消散了。罗时眼神一凝，道："翻海印！"又是化作一片汪洋，撞向宋羽，才将将抵消掉这一道剑气。

宋羽手握虚拳，"掌控！"罗时便感到一股强大的压力，将自己的灵气压得运转起来都有几分滞涩，身体更是难以移动。

罗时双手交叉，护在身前，道："魔血掌！"身前便是一只巨大的手掌带着浓浓的魔气推向宋羽。

宋羽心中一喜，自己正好修炼了两门克制魔气的神通，于是闭上了双眼。宋羽道："雷电天眼！"宋羽猛地睁开双眼，刹那间，两道雷光便射向罗时巨大的手掌。

罗时的身体就像一只虾米一样，突然弓了起来，面露痛苦之色。他本来修炼的就是魔功，遇到雷电这种赋有天地浩然正气的能量便没有什么抵抗能力。

宋羽对于罗时可没有什么怜悯之心，他使用八荒步，闪至罗时身前。罗时惊慌不已，大叫道："你不能杀我！我是后土学府宿命之子，杀了我，你会被学府追杀的！只要你不杀我，我，我可以替你保守你得到莲华府邸的秘密！"宋羽冷笑一声，没有迟疑，唤出破空剑，反手便将罗时的头颅割了下来。

战斗结束，宋羽长吁了一口气，擦了擦已经布满额头的汗水。战斗虽然很短，但是对他的心神消耗却极大。

至于罗时死前所说的会被追杀，宋羽倒是毫不在意。自己已经被元家追杀了，再多一个后土学府倒是没什么，毕竟自己的身份还是皇天学院的核心弟子，只要不中途陨落，提升到融通境也是极其容易的。有这一层身份在，皇天学院也会保自己平安无事的。

再说，罗时死在自己的道器里面，无人知晓，更有天塔为自己遮掩天机。后土学府也只可能发现罗时死了，却不太可能查到是自己击杀了罗时。

杀了罗时，自然就要收缴战利品了。宋羽翻了翻罗时的尸体，找到了罗时的空间戒指。打开一看，宋羽瞬间便沉浸在了幸福的海洋。

罗时作为后土学府的宿命之子，身家自然十分丰厚。宋羽清点了一下，大约有五十万灵石，各种天材地宝不计其数，高阶神通也有不少。宋羽这次可谓是赚得钵满盆满了。

收拾好这一切，宋羽让莲华老祖控制莲华府邸到传承之处五十里外才从地底下冒出了头，这也是为了防止有些不死心的人继续在那里蹲点。宋羽将莲华府邸收入体内，纵身飞向不远处的城市。

第十章

人人都知道四方楼是最为著名的连锁酒楼，势力庞大，富可敌国。但却很少有人知道，四方楼的背后，就是天道。每一座城池里的天道组织总部就设立在四方楼之内。宋羽曾经听师尊提过。这次来加入天道组织，一来是想依靠天道组织庞大的势力为自己将来光复宗门打下基础，二来也为了满足内心中隐隐的好奇——天道子口中的那个她到底是谁？如今是否健在？如果尚且健在的话，那么绝对是这世间的绝顶强者，少有匹敌。

刚进四方楼，小二就热情地迎了上来，赔笑着道：“客官有什么需要吗？”

宋羽从师尊那里听过四方楼的规矩，于是对那小二道："请你们掌柜的来，有要事相商。"

小二见了，也没有迟疑，一鞠躬，便跑到后堂找老板去了。没过一会儿，便有一个中年男人从后堂走了出来，面带笑容地看着宋羽。

"这位客官，请问有什么事吗？"中年掌柜道。

宋羽一抬手，那个天道子给他的信物便出现在了手中。

中年掌柜脸色一变，连忙请宋羽到后堂去。

到了后堂，中年掌柜请宋羽到一间房内就座，然后一脸紧张地问道："可，可否请您将刚才那个信物让我再看一眼？"

宋羽将信物再次交到中年掌柜手上。中年掌柜细细观察了一下，向宋羽深鞠一躬，请他稍等，便退出了房间。

出了房间，中年掌柜便急忙走到不远处的另一个房间，里面有一个少见的远距离通讯阵法。这种阵法其实说起来并不算什么高深的阵法，只是每一次催动便动辄要使用上万的灵石，一般的势力根本承受不起这巨额的花费，也只有天道这种遍布天下的大势力才能给每一个小分部都配备一个。

打开通讯阵法，中年人几乎是在颤抖着等待。

良久，面前出现了一个中年老妪的虚影，问道："程安，什么事？"

被称为程安的中年男人激动地将宋羽的信物递给老妪。老妪看了一眼，也陡然激动了起来："这！这是什么人给你的？

他现在人在哪？”

程安连忙道：“夫人先别着急，那人就在隔壁包间内坐着呢，看起来像是想要加入我们的组织。他难道就是？”

夫人激动地说：“没错，不会错的，这一定是他的后人！一定是的！”她正准备继续说些什么时，又似乎想起了什么，冷哼一声：“你先照顾好他，保护好他。一切都以最高规格来招待，看来也是时候解决那些家伙了！”说着虚影便缓缓消散了。

程安也不敢怠慢，深鞠一躬，道：“恭送夫人！”接着出房间关上了门，回到了宋羽所在的房间。激动之色褪去，剩下的则只有恭敬的神色。他向宋羽作了一揖，道：“敢问先生贵姓？”

宋羽也是一头雾水，自己第一次来这里，这掌柜为何要这么恭敬地对待自己？难道是那一枚信物的作用？但是情势让他来不及多想：“掌柜免礼了，鄙人免贵姓宋，宋炎。”

程安笑着道：“鄙人名叫程安，宋先生直呼我名便可。宋先生在我们组织内并无记录，又手持信物，想必是来加入我们组织的吧？”

宋羽点点头：“没错，我是来加入天道的。”

程安道：“那就好办了，来人啊，拿白银令牌来！”

外面一人不敢置信地看向屋内，随机走到程安面前，低声问道：“大人，是不是弄错了，第一次再怎么高级也不该取白银阶的令牌啊……”

程安眼睛一瞪:“叫你去你就去!”

那人见状,连忙躬身退出房间。不大一会儿,便取来了一个红木小箱子,交给了程安。程安又将箱子递给了宋羽。宋羽打开一看,里面有几样东西:一枚银色令牌,一把匕首,一枚玉简。

程安道:“令牌是我们组织的信物,凭借这枚令牌,你可以在天下所有天道分部提取白银阶及白银阶以下的资料。哦,对了,组织内的所有人分为七阶,分别为:黑铁阶、青铜阶、白银阶、黄金阶、白金阶、钻石阶。那柄匕首是一件四级道器,虽然品阶不高,但是却有着良好的属性。用灵力催动它时,不会有任何声音和光亮,甚至连一丝灵力波动都不会有。”

宋羽瞪大了眼,心想这真是一件刺杀利器。

程安接着说:“这枚玉简内,记载着组织的一种芥子级神通,名为影涣瞬刺,同样的,也不会有任何响声和波动。修炼至最高深处,可以将自己化作影子潜藏起来,没有人能够发现。”

宋羽满意地点点头,这次的收获让他十分意外。

程安掏出信物,交还给宋羽:“宋先生,这是您的信物,在下交还给您,但是还请宋先生万万不要在别人面前暴露这枚信物,否则恐怕会引来杀身之祸的。”

宋羽点点头:“我明白。”

程安又说:“对了,你可以随时在令牌内查看组织的任务,完成任务之后会有贡献点，而贡献点可以在组织内兑换神通、道器及各种天材地宝。你第一次加入组织，给你有一万的基础贡献点可以拿来兑换。”

程安身后那人眼睛瞪得都快掉出来了，嘴巴微张看着宋羽。这么多年来，程总管何时这么客气地对组织里的人说过话？而且，那可是一万贡献点啊！整整一万！据说白银阶的组织成员基础贡献点也就一百贡献点，通常自己完成一个任务也就几十贡献点，上百都很少见，而面前这人刚刚进入组织就得到了赠送的一万贡献点！这人到底什么来头？

宋羽对于贡献点这种制度倒是很熟悉了，现在很多宗门、组织都实行这种制度，来提高门内弟子的修炼积极性，程安这么随意地给自己一万贡献点，该是计算方式不大相同，这天道内贡献点不太值钱吧？

办完这一切，程安很热情地将宋羽送到大门口，一直目送了几十米才回来。

宋羽虽然心中不解为何程安对自己如此热情，但也隐隐猜到与自己给他的那个信物有关。不再多想，他将神识探入那令牌之中，查看自己可以兑换一些什么。

良久，宋羽眼里满含震惊之色，喃喃自语道：“天哪……”他看了一下，一部八阶功法标价也就三万贡献点。之前那五阶功法卖出天价的场面还历历在目。一万贡献点，足可以买一件较好的七阶道器了！宋羽被程安的大手笔震惊了，这么云淡风轻地送出这样一笔巨款，可不是什么人都能做到的。

宋羽也没想好自己现在要兑换些什么，就不再想兑换的事，反身向皇天学院飞去。

回到学院，宋羽找到了何德，询问学院的近况。

何德道：“最近学院里倒是风平浪静，我也在极力发展咱们自己的势力。不少学生因为你的名望，同时对我们也很有好感，稍加拉拢，便成为我们可以信任的内部人员。只是，恐怕其他党派会派一些成员潜伏进来，作为卧底。”

宋羽沉吟了一下：“这没关系，先全部都收进来，到时候再慢慢考验忠诚度。别忘了，我们的目标可不仅仅局限于这小小的学院之内。至于党派的名字嘛，就叫羽党吧！”接着停顿了一下，继续道：“这些日子，我要闭关修炼，尽快提升修为，你万事小心。一旦有什么变故，就捏碎玉简，我会出来。”接着递给何德一枚玉简。

虽然这些话很平淡，但透出的关心之意却让何德有些感动，心中更是暗下决心要将一切做到最好。

何德问道：“那个雨人南若怎么处置？我已经着手让他开始建立一个下级组织了，我们自己的情报组织也在筹备之中，只是前期需要大量金钱来打基础……”

宋羽沉吟了一下，问道：“需要多少钱？”

何德道：“至少需要三十万。”

宋羽一抬手，手上便出现了三十三块上品灵石，他把灵石交给了何德。接着嘱咐道："好钢要用在刀刃上，需要花钱时不用给我省，不够了再来找我要。另外，也要赶紧建立起盈利模式，不能总这样入不敷出。"

何德点点头，示意明白。

宋羽闭关是经过慎重考虑的，还有五个月就要举行五十年一次的大比武了，皇天学院已经连着输了几次了。自己既然加入了皇天学院，又是将来的宿命之子，怎么说都应该出一份力。更何况掌教与自己师门有旧，对自己也还算不错。

宋羽进入自己的房间，盘膝坐下，拿出了皇甫斗给他的那枚玉简，开始参悟起来。

半个月后。

宋羽将神识从玉简中撤出，神色疲惫，但依然掩饰不住眼神中的喜悦之色。

"我本来以为这炼丹之术十分困难，但在老师的讲解下茅塞顿开。这理论的东西想要转化为实物，还需要我不断地实践啊！"宋羽自语道。虽然心中十分渴望尝试第一次炼丹，但是提升实力却是迫在眉睫，宋羽也不得不将炼丹之事暂时抛在脑后，专心修炼。

风明道人虽然将自己的功力传给了宋羽，但是宋羽对于道的感悟却并没有提升到和灵力修为等同的地步。宋羽在这四个半月内，首先要做的就是感悟而不是修炼灵力。

宋羽虽然说不上天资冠绝，但是也绝对不差。他这次要做的，就是感悟金之道。金之道也算是大道之中较为强横的一种了。宋羽要领悟金之道的另一个原因是，自己身怀金神破天诀，能够施展出金之领域，对于金之道的感悟会容易一点。而感悟了金之道之后，金神破天诀的威力也会水涨船高。

没有多想，宋羽就在身旁不大的一个范围内展开了自己的金之领域，默默感悟着。

这一晃便是四个月。

四个月后，宋羽落满了灰尘的身体终于有了一丝动静。宋羽蓦地睁开眼睛，眼眸里隐隐透出金黄之色。他身子一抖，这几个月来积攒下的灰尘便全部抖掉，衣服也光洁如新。

“何为金？锋利！坚韧！锋芒毕露，不躲不藏！这才是金！”宋羽大笑道。他终于感悟到了金之道，并且一举踏入了融通境！

正在这时，宋羽心念一动，感应到了他给何德的那枚玉简已经被捏碎，于是冷哼一声，出了房间，向嘈杂的大门处走去。

走到了大门处，宋羽就见到两方人起了争执，何德坐在地上，捂着胸口，嘴角上有着血迹。

宋羽快步上前，问道：“怎么回事？”

何德见到宋羽出来了，连忙鞠了一躬，恭敬地道：“您出来了！这些人是龙王的人，这次来想见您，我说您正在闭关，暂不见客，他们就要硬闯，于是就厮打了起来……”

宋羽轻笑一声，对何德道："你先回去休息吧，这里我来处理。"

何德又鞠了一躬，便被人搀扶着回到了房间休息。

旁边羽党的人都好奇地打量着宋羽。宋羽到学院的时间不长，声名在外，但很多人并不熟悉他，甚至没有见过他。何德招徕的这些人都并没有见过宋羽的真人模样，大多只是听说宋羽的名声，慕名加入羽党的。

宋羽上前几步，朗声道："鄙人便是宋炎，敢问诸位找我何事？"

为首那人衣服上龙纹锦绣，颇为华丽，态度傲慢地说："你便是宋炎吗？我家大人龙王叫你过去拜见，问你些事情。"

宋羽轻笑一声，并不作答，旁边羽党的人听了，都暗自愤怒龙王手下人的傲慢态度，对自己党派的党魁呼之即来挥之即去，实在让人生气。

宋羽指了指身后的房子："刚才几位打伤了我的人，只怕是要给我一个交代吧？"

为首那人大笑道："哈哈哈，我们龙王党的人什么时候还需要给别人交代了？真是闻所未闻！我看你还是赶快收拾收拾跟我们去面见龙王吧！"他旁边的人也跟着哈哈大笑了起来。看着他们大笑的样子，在场的羽党众人都暗自攥紧了拳头。

宋羽也是大笑，旋即摇了摇头："既然如此，那就休怪宋某人不客气了。”接着一挥袖子，一股强横的灵压便瞬息间漫出，直压得龙王党人呼吸一窒。然而在场的羽党众人却是只感到了一阵强横的灵力波动，虽然惊叹于这股灵力的强横，但是并没有受到龙王党人所感受到的那股强悍的压迫力。

龙王党为首的那人虽然受到了压迫，但是由于修为稍高一些，并不像他身后的那帮人狼狈不堪，因为有的人甚至已经半跪在地上了。他缓慢地抬起头：“宋炎，你最好收敛些跟我们走，到时候龙王问罪下来，看你还能不能这般蛮横！”

宋羽大笑：“龙王？现在真是什么阿猫阿狗都敢自比神兽了。龙能升能隐，腾于云雾之间，掌握东方青木神雷之力，他配比于龙吗？此等狂妄自大、不自知斤两之辈，也敢称龙王？”说完一挥手，一道强横的力量击出，龙王党那几人便口吐鲜血倒飞而出，落在宋羽府邸门前，激起一片尘土。宋羽随机大袖一收，朗声道：“那家伙想见我，让他自己来拜见吧！”说完，对两侧的人一挥手道：“关门。”

这时旁边的人才如梦初醒，连忙关上了大门。

宋羽反身进了内院，来到何德的房间，只见何德正躺在床上。宋羽在床边坐下，眉头微皱：“伤得不重吧，要是需要什么药，可以……”现在聚灵神雾池的事情也只有他和何德两人知道，聚灵神雾池内灵药众多，说不定有一些灵药会对何德的伤势有益。

何德知道宋羽的意思，心中感动，但是摆摆手道：“不打紧的,伤得不重。只是这次打跑了龙王的人,只怕会招致麻烦啊!”

宋羽冷哼一声:“我闭关的这段时间里,恐怕这些人没少给你们找麻烦吧？龙王算什么,想在我面前耀武扬威,他还不够格!”

何德见宋羽的威势,心里稍安,但毕竟龙王成名已久,是内院里的老牌强者了,这些年一直没有出手,谁也不知道他到底较当年有了多少进境。何德的情报组织才刚刚起步,龙王那里暂时没有较为高级的情报线,只是听人说,龙王当年最后一次出手时已近撕天之境,如今几年过去,很可能已达灵台之境了。宋羽虽然实力不错,然而毕竟还处于融通境,差了两个大境界,这是无法超越的差距。

宋羽一摆手:“羽党建立伊始,必须要尽快打出名气,挑衅老牌强者是最好的方法。这样做说不定还可以招揽一些与其交恶的强者,可谓一举两得。至于实力,你不用担心,还没到底牌尽出的时候呢!”

宋羽的确有底气说这话,不要说功法强横得令人害怕,手里还有着莲华老祖的双器灵道器在,更何况掌教也肯定在随时关注着自己的境遇,就算打不过,至少也没有性命之忧。只是如果服了软,反而浪费了自己的一手底牌,气势也输了下来,对于羽党将来的发展必然不利。

宋羽拍了拍何德的肩,叫何德好好休息,说这些事都由他亲自来处理，便走出了房门。

要安排好手底下诸多事情，宋羽也是隐隐有些头痛，三个组织刚刚建立，每天都有大量的事务需要处理。宋羽不能每天把自己绑在这里处理这些事务，毕竟他还是这里的最高战力，必须要带动起整个羽党向上的风气，这样整个党派才会有活力。

宋羽虽然也算是个宗门子弟，但却极为厌恶宗门世家居高临下的态度和不思进取的风气。这次打伤龙王的人，不仅仅只是因为需要立威，更是因为发自心底的那种厌恶，以及对于他们打伤何德的愤怒。

宋羽摇了摇头，决定不再想下去。毕竟有那么多事情等着他来处理，更何况还有诸如君子党在一旁虎视眈眈。宋羽现在只希望何德能够尽快康复，替他挑起这一重担。

三天后。

宋羽处理完公务，坐在床上，刚刚准备进入修炼，突然感觉外面一阵灵力激荡。宋羽一笑，知道这是龙王来了。

这三天里，到处都在议论着宋羽和龙王的争斗。没有人认为龙王会善罢甘休，风平浪静的背后肯定还酝酿着一场更大的风暴。羽党和龙王党之间的矛盾已然激化，一场争斗不可避免。但是没有人看好羽党这样一个初出茅庐的党派。曾经暗中对宋羽出过手的君子党也乐得在一旁看戏，毕竟龙王积威已久，宋羽的举动相当于狠狠地在龙王脸上打了一巴掌，对于睚眦必报的龙王来说简直是奇耻大辱。

宋羽缓步走出房间,只见外面天色暗了下来,刚刚还晴朗的天空瞬间乌云密布,其中还隐隐有雷光闪烁。乌云压得很低,狂风呼啸不止,院内的树也被吹得左右摇摆。宋羽一挥袖,大风瞬间停息。宋羽朗声道:“堂堂龙王,只有这点儿伎俩?算计院中树木?”

一个身影从云中飘出,衣着华丽,容貌冷峻,发出一声炸雷般地冷哼:“我还以为你是个人物,派人来请你,你却不知好歹,打伤我的人,你也只有这点儿伎俩嘛!”

宋羽大笑:“你怎么不问问是谁先动的手?上梁不正下梁歪,手下那么多废物,看来主人恐怕也不是什么好东西!”

龙王眼里一道精光闪过:“牙尖嘴利!”说着举起手来,身后云层似乎与他应和,雷光更盛。

宋羽也冷笑一声,手中唤出一朵莲花,赫然是莲华府邸所化。龙王眼睛一眯,感觉到一丝危险的气息。

这时,远处传来掌教的声音:“学院内禁止争斗,要争,学院大比时,任你们随意施为!”

听到掌教的声音,龙王知道自己今天不可能与宋羽交手了,举起的手缓缓放下,背后云层也渐渐平静下来,他冷笑一声:“希望学院大比时,不要在被我打败之前,先输在别人手下。”

宋羽手一翻,莲花也瞬间消失,笑道:“也希望你不要阴沟里翻船，最后败在我的手下才好。”

龙王笑了：“呵呵，口气不小，希望你在赛场上还能这么硬气。”说完便飘然而去。

龙王走了，可他带来的巨大压力还在。宋羽眉头紧皱，他能感觉到龙王的实力很强，真要动起手来，自己可能毫无还手之力，要被稳稳地压制。还好距离学院大比武还有两年多的时间，自己还有机会。

宋羽想到了天塔。要想快速提升实力，天塔无疑是最好的选择。上次还有一卷卷轴和一套铠甲尚未解除禁制。宋羽估摸着以自己现在的实力，也应该可以打开天塔的第二层了。

宋羽回到房间，关上房门便进入天塔之中。

进入天塔第一层，宋羽看到了那套铠甲和那卷卷轴。宋羽走上前去，双手按在那套铠甲上，全神贯注地破解铠甲上的禁制。

良久，宋羽才长舒一口气。破解禁制这种事最为耗费心神，要不是宋羽修为有所进境，恐怕还真的难以解除禁制。宋羽将铠甲穿在身上，细细感受。半晌后，眼里爆出惊喜之色。

“赚到了！”宋羽用力地一挥拳头。

这铠甲名为纷蓝铁甲，名字听起来就像路边铁匠铺随手打出来的普通铁甲。但实际上，不算铠甲本身的强度，仅仅其上附带的技能就足以把这套铠甲推到一个新的高度。

铠甲上附带两个技能：储灵和灵盾。

储灵是指平常在非战斗时期可以将灵力灌注到铠甲里储存起来,在战斗中再提取使用,可以增强战斗时的续航能力,是一个非常有用的技能。而灵盾这个技能就比较神秘了,可以将铠甲中储存的灵力瞬间转化成一层用于防御的灵盾,灵盾十分坚固,存在的时间取决于储存灵力的多少。当然,铠甲中储存的灵力是有上限的。宋羽试了试,大概相当于自己全盛时期的两倍之多,这无疑让宋羽感到万分惊喜。有了充足的灵力,也就意味着自己在学院大比时更多了一分把握。更何况铁甲本身质地非常坚硬,其中还蕴藏着一个初具意识的器灵,可以判断这件铠甲是一件等级不低的道器。

这件铠甲也可以幻化成其他衣物,这样宋羽也就可以全天都穿着铠甲,随时防御。

宋羽出了天塔,继续处理各项事务。十天后,在各式各样天材地宝的堆砌之下,何德总算好了过来,宋羽也松了一口气,急忙把这一摊事务撇给了何德,自己再次回到天塔里检查其他东西去了。

上百个宝盒,打开的结果让宋羽大失所望。其中有些是空的,可能原来的天材地宝早已让当年的祖师爷用光了。有些道器,对辅助修炼、寻觅宝藏倒是不错,但对战斗并没有什么帮助。更有一些道器早已毁坏,灵气尽散,成了一件废器,只能当作炼器材料重新熔炼,这让宋羽感到颇为无奈。

唯一让宋羽感到些许宽慰的就是那卷卷轴,卷轴里是一个幻境，可以用来体悟武学，可惜只能用一次。这种卷轴的制作方法早已消逝在时间长河中，所以也显得颇为珍贵，这让宋羽感到很满意。

单单整理这些杂物，就花去了宋羽整整三天时间。在整理完杂物后，宋羽就打算开启通往天塔第二层的大门了。

走到门前，门上流光闪烁，隐隐有符文闪现，显得格外古朴威严。宋羽用开启第一扇门的方法去攻击第二扇门，几十次却没有成功开启。宋羽汗流浃背，一边喘气一边思索到底是哪里出了问题。

既然暴力不能破解，那么不如用点聪明的方法。想着，宋羽平复呼吸，将双手贴在大门之上，竭力感悟上面的流光轨迹以及符文。

轨迹和符文就像一本尘封已久的古书，宋羽的神识刚一探入就变得活跃，但是仍然晦涩难懂，偶尔感到头脑里有灵光闪过，但是却转瞬而逝，难以捉摸。宋羽只能让神识去追寻流光的痕迹，组成符文的形状，希望能够感悟到点儿什么。

时间慢慢地流逝，宋羽的神识追寻轨迹也渐渐有了头绪，神识追寻到的轨迹组合成一个个古朴的符文，而这些符文组合在一起，便是一个古老的大字。宋羽很清楚，自己并不认识这个字，也没有对古文字有过任何的研究，但却能读出这个字，理解这个字的意思——神。

当宋羽的神识终于能够追上流光的速度之后，大门的光芒不再闪烁，而是轰然亮起，像一盏盏聚光灯打在宋羽的脸庞上。宋羽的神识突然停滞，组成了那个他不认识却能读出、充满威严的巨大的“神”字。

宋羽突然感到一阵清明，神识变得十分强大，仿佛能感知到整个天地空气的流动、灵力的运转，甚至一草一木的呼吸都尽在掌握之中。接着，他眼前一黑，昏了过去。

等到再次醒来，宋羽发现自己的神识虽然变得强大了许多，但是却还达不到昏迷前那么强大。宋羽控制着自己的神识探索天塔。当神识接触到天塔上时，他突然发现自己的神识变得无比强大而清晰，他能感受到学院里每一个角落里发生的事。他看到何德在安排工作，看到玉君在阅读诗文，看到龙王在修炼……

宋羽又惊又喜，自己相当于发现了一个神识放大器，好处自然不消说。它不仅可以作为探索的方式，更可以作为一种攻击手段直接攻击敌人的神识，甚至可能一击取胜。

强忍住心头的惊喜，宋羽迈向天塔的第二层。

第二层里出乎意料的空荡，四周不像第一层那样摆满了大大小小的宝盒，这层干净得没有一丝灰尘，就像是刚被洗劫过。中间台子上飘浮着一大块水晶，散发着迷人的紫色光辉，让人忍不住想去触碰它。

宋羽上前碰了碰这块巨大的紫色水晶，发现并没有什么反应。宋羽一愣，想到第二层的大门，不由得猜想是不是这水晶也要用神识来触发？他横下心来，用神识轻轻触碰了一下那紫色的水晶，但是并无反应。

宋羽一咬牙，他可不相信天塔内的东西会这么简单。他将全部神识包裹在水晶之上，发现水晶的底部有一处裂痕。宋羽将神识探入，刚刚触碰到一个物体，一愣神，那水晶便突然炸裂开来。

碎片四散，宋羽撤回神识，激发了纷蓝的灵盾，小心翼翼，唯恐有什么异变发生。

水晶爆炸后，代替水晶悬浮在台子上的竟然是一把带着铁锈的黑色短剑。

宋羽好奇，上前握住那把短剑，脑海里却轰然多出一些画面。一支黑色的军队，黑甲、黑剑，沉默如黑色的潮水。宋羽看到了他们战斗厮杀的场面。在荒凉的战场上，他们骑着黑色的战马，与一支身着白甲的军队交锋。

二者相撞，如雷与火的碰撞，寂静却震撼。

一位位战士无声无息地倒下，没有人叫喊或嘶吼，整个场面寂静得像死去一般。

宋羽的神识就飘浮在这战场的正上方，默默地俯瞰着这一切。

（第一季终）

2015 年 12 月 2 日

致读者

动笔写这本书是几年前的事了。

那时刚读完方想的《卡徒》,心中波涛翻涌,便想写出一部能与之比肩的小说来。可是真的动了笔,却发现不像预想的那么简单:语言显得拖沓而又稚嫩,情节设置、人物刻画烦琐且缺乏张力。我自诩各类小说读了不少,其中不乏精品,但还没有真正悟得个中精妙。我的文笔显然不够成熟,其间无力有之,痛苦也有之。这部小说断断续续写了四年,今天总算写完了其中的第一季,现奉献给广大读者,不足之处,企望批评指正。

2012年2月,莫言老师在北京看了这部小说的前半部分,他鼓励我写下去。也许正是莫言老师的鼓励给了我写下去的勇气,不管三七二十一,先写出来再说。虽然课业繁忙,但在王淑芳校长以及班主任高阿超老师的支持下,总算写完了这部小说的第一季,也算了却了一桩心愿,接下来便专心备战高考。希望高考结束后,我能够以更好的状态开始《神诀记》下一季的创作。

我一直认为中国人的幻想能力是不输外国人的,然而近年来我们看到国外的科幻、魔幻小说、电影一波又一波地涌来，国内可堪比拟的作品却寥寥无几，令人扼腕。《神诀记》在我心中应是一个系列，还有很长的路要走。希望我也可以通过这部小说快速成长，成为一个合格的作者。

宋羽是个复杂的人、矛盾的人，希望能在下一季的情节里把他塑造得更富立体感，更加真实。毕竟，他是我笔下的第一个主人公。

谢谢！

李勇剑

2015年12月20日于家中